TERRE SANS MAÎTRE

DU MÊME AUTEUR

Romans

QUI VIVE, Éditions de Minuit, 1997.
PARADOXE DU CIEL NOCTURNE, Grasset, 1999.
DIABOLUS IN MUSICA, Grasset, 2000.
FARRAGO, Grasset, 2003.

Théâtre

LES HOMMES SANS AVEU, Actes Sud, 2001.

YANN APPERRY

TERRE SANS MAÎTRE

roman

BERNARD GRASSET
PARIS

ISBN 978-2-246-65861-0

© *Éditions Grasset & Fasquelle, 2008.*

À mon père et à Martine.

1

Elle le regardait venir, loin encore sur le chemin qui grimpait entre les amas de roches. Son pas, hésitant et lourd, n'était pas celui d'un homme habitué à la montagne. De temps à autre, comme vaincu par la gravité, il marquait une pause et reprenait haleine. Ses mains sur les cuisses, il ressemblait, pensa-t-elle, à quelqu'un qui cherche dans la poussière l'objet tombé de ses mains, sa montre peut-être, ou le bout de papier sur lequel il a inscrit son itinéraire. Elle se rappela, le voyant ainsi arrêté dans un coude du sentier, un souvenir d'enfance. Était-ce son frère qui lui avait remis une feuille de papier repliée, une carte au trésor, prétendait-il, mais sur laquelle ne figurait qu'une grande flèche de couleur tracée à la va-vite ? Elle avait couru entre les maisons du village et sur la berge du torrent le papier sous les yeux, avant de comprendre qu'elle pouvait aller de droite et de gauche ; la flèche, quoi qu'elle fît, continuait de pointer le monde devant elle. Un profond chagrin l'envahit soudain et elle cessa de courir. Qu'était ce chagrin ? Les années avaient passé, une vie entière, la main qui tenait le chiffon avec lequel elle nettoyait sa fenêtre avant que l'inconnu n'apparût était celle d'une vieille femme, sa peau parcheminée et couverte de taches de son. Elle contempla l'avancée de l'homme quelques secondes de plus, vit qu'il portait des chaussures de randonnée et un sac à l'épaule ; au bout de son bras, un chapeau allait et venait, écopant l'air. Le jour touchait à sa fin.

Quittant son poste d'observation, elle gagna la pénombre du séjour. Elle ne voulait pas que l'étranger la surprît. La route vers le village, situé en amont, longeait sa maison qui en formait l'avant-poste esseulé, et l'homme ne manquerait pas de passer sous sa fenêtre ; personne, d'ailleurs, ne pouvait arriver là ou en partir, de nuit comme de jour, sans qu'elle s'en avisât, sauf à s'égarer sur le versant caillouteux et creusé d'ornières. C'était pour cette raison sans doute que les autorités lui avaient confié la tâche de tenir un registre des allers et venues. Et, chaque fois qu'elle ouvrait le cahier pour y enregistrer la date d'un passage et décrire le visiteur, elle s'imaginait accomplir une opération magique et se lier avec lui par une sorte de pacte : en l'inscrivant dans le cahier, elle le faisait passer à l'existence. L'ignorât-il à jamais, il lui devrait, le temps de son séjour, de s'être incarné, retrouvant ensuite sa condition d'âme errante à la manière dont on tombe un vêtement.

Il était proche à présent. Il avait dépassé l'arbre et son bouquet de branches désordonnées, l'unique arbre du paysage qui déroulait à l'infini ses vagues aux plis comblés de pierres. Cet arbre bornait à la fois la propriété et, selon la coutume, la localité en son point le plus bas. Certains jours, il semblait à l'occupante de la ferme isolée se tenir là comme une autre sentinelle, mais qu'au lieu de guetter l'apparition des randonneurs, ce fut elle qu'il surveillât, l'enjoignant désespérément au départ. A chacun de ces moments, elle sentait peser sur elle tout le poids des choses, et c'était comme si elles lui en voulaient, elle qui pouvait aller et se perdre, de ne pas user de ce privilège, de ne pas le faire pour eux, ce carreau, cette chaise, cette dalle fendillée, la petite marionnette posée sur le linteau de la cheminée, toutes les présences inertes et familières qui composaient sa vie et n'avaient d'autre espoir de fuir leur condition que par son intermédiaire, dans la mémoire où elle les emporterait.

L'arbre la rappelait aux choses qui, une nouvelle fois, la renvoyaient à son appel silencieux, au petit nombre de pas qui la séparaient de lui et qui lui étaient devenus si pénibles eux aussi, à son écorce rugueuse qu'elle caresserait en guise d'adieu, le laissant derrière elle ainsi que tout le reste. Elle avait bien failli partir, une fois. Mais après une heure de marche peut-être, elle avait renoncé, non qu'elle eût peur de ce qu'elle trouverait au terme du voyage, mais parce qu'elle fut soudain convaincue que rien ne l'attendait, elle en eut le sentiment le plus net, il n'y avait pas d'autre vie à connaître, et personne pour la lui faire connaître, et nulle part où recommencer. Elle sut cela et, rebroussant chemin, n'en conçut pas d'amertume. Elle le sut comme on se rappelle une évidence dont un trop long voisinage du Mur avait mystérieusement nourri le sentiment, c'était certain.

Là-haut, comme une bande sombre doublant la ligne de faîte, il courait de part et d'autre du sommet aussi loin que portait la vue. De tous les éléments du monde alentour, il était pour elle le plus intime comme le plus immuable ; pourtant, il ne l'écrasait pas à la manière des autres objets du dehors ou de la maison, ne provoquait pas chez elle ces brusques tentations de fuite qui la laissaient d'autant plus démunie qu'elle les savait inutiles ; il était au contraire, dans son esprit, soustrait au règne de l'inanimé, et sans devenir quelqu'un ne faisait plus vraiment partie des choses.

L'homme avait atteint la maison. Il s'arrêta encore et sortant une gourde de son sac, but une rasade. Depuis l'obscurité, elle put l'étudier à loisir. Agé d'une trentaine d'années, les cheveux courts et trempés de sueur, il était vêtu d'un costume de bonne coupe et d'une chemise au col chiffonné dont une pointe s'était repliée contre sa nuque et l'autre visait le ciel. Ses chaussures paraissaient neuves; sans doute les avait-il achetées exprès pour l'excursion et il en serait quitte pour des ampoules. Rangeant sa bouteille, il leva la tête et fixa le rempart brillant dans le soir qui adoucissait le relief de la crête. Un appel retentit au loin, une voix répondit, aiguë et brève, un chien à son tour jappa. Le voyageur resta plongé dans sa contemplation, avec la nuit qui venait, avec les frémissements de l'herbe et quelques mouches qui bourdonnaient et le parfum chaud de la terre. Il regardait le Mur, il le regardait tout à fait immobile, seules sa poitrine et ses épaules se soulevaient en cadence, il le regardait comme guettant quelque signe. Elle crut même qu'il s'était assoupi, mais brusquement il soupira, et reprit sa route. Un instant, conscient peut-être qu'on l'épiait, il se tourna vers la fenêtre et l'intérieur où il ne discerna que des lignes vagues tandis qu'il lui apparaissait enfin de face, et elle lut dans ses traits cette expression de fatigue et d'inquiétude mêlées qui lui était si familière.

Les étrangers pour la plupart (leur petit nombre, d'année en année, s'amenuisait) arrivaient dans un état d'excitation, d'angoisse excessive ou de froide résolution. Plus rarement, ils offraient au sommet un masque de détachement scientifique. Dans le cas du nouveau venu, l'anxiété et quelque chose comme une douce mélancolie se disputaient son visage. Mais elle douta aussitôt de sa perception ; ses pensées comme sa vue pouvaient lui jouer des tours. Et les dernières rumeurs n'étaient pas pour aider au calme de son esprit. On parlait de bandes armées écumant la vallée et de villages en flammes, de l'avènement d'un nouveau règne, de cadavres laissés à pourrir au bord des chemins, et on se demandait si du fait de sa situation isolée, la commune serait épargnée ou connaîtrait un de ces jours, demain peut-être, le même sort.

L'homme entama l'ascension du dernier lacet. Sa semelle parfois délogeait un caillou qui roulait et ricochait, butant pour finir contre d'autres, et c'était comme si rien dans le paysage n'avait changé. Il ne fut bientôt lui-même qu'une tache à la limite du visible, un simple déplacement d'ombre, puis l'impression de cette ombre sur la rétine quand il ne se sépara plus du vaste pan de montagne sous le ciel.

2

Quand il arriva au village, il le trouva désert. La nuit devenait si profonde qu'il distinguait à peine le sol devant lui et les demeures aux volets clos. L'allée qu'il remontait était pavée, formant sous ses pieds comme une délicate résille qui flottait dans le noir à la manière d'un filet dans le jeu des vagues. L'effet, songea-t-il, était pareil au ciel que l'on voit s'absorber en lui-même quand on a couru et qu'on brise d'un coup sa foulée. Il fuit dès lors devant soi mais sans pour autant s'éloigner. La ruelle également se détachait de la terre, montait vers lui qui battait des paupières, tentant en vain de redonner contenance au monde. Parfois, les façades aussi se gondolaient aux commissu-

ses yeux, menaçant de fondre comme de la boue, ou bien se décollaient de leur assise ténébreuse et, à la manière d'images saisies au ralenti, procédaient vers lui par petites saccades. Quant à ses mains, elles étaient deux flaques oblongues et pâles, s'élevant et retombant en alternance, deux présences aux dimensions mouvantes qui ne lui appartenaient plus. Son corps tout entier, d'ailleurs, avait l'air de vouloir lui fausser compagnie; il se l'imagina, hors de portée à peine, une vapeur grisâtre, un voile, ouvrant la route tout en l'empêchant de voir où il allait. La fièvre qu'il avait sentie grimper depuis la mi-journée lui jouait peut-être des tours, ou bien c'était la nuit, ou bien son cœur qui cognait jusque dans ses tempes et troublait ses pensées.

Il atteignit ce qui ressemblait à une place, la devinant moins à ses contours qu'à la qualité du silence, ici plus ample, dans l'espace soudain dilaté. Sur sa gauche, possiblement, une lumière. Il voulut presser le pas, buta contre une dalle déchaussée et trébucha, la terre un moment tournoyant, lui ne bougeait pas, il se rattrapa sans trop savoir comment et continua sa route. C'était bel et bien une lumière, hachée par les fentes d'une persienne, à côté d'une porte. Au-dessus, des lettres peintes, à moins qu'elles ne fussent des coulures, l'humidité suintant de la pierre. Il posa une main sur le bois et le sentit se dérober. Il voulut demander s'il y avait quelqu'un, au lieu de quoi, la question mourant sur ses lèvres, il entra.

D'abord, il ne vit que la lampe allumée sur un petit meuble d'angle, à l'autre bout de la salle, qui diffusait une clarté vacillante, l'ampoule semblant perpétuellement sur le point de s'éteindre. Ses yeux s'étant accoutumés aux ténèbres, il ne découvrit pas tout de suite qu'on l'observait. Seule existait pour lui la tache blanche dans son globe de verre, en haut d'un pied dépourvu d'abat-jour, et le filament de charbon qui luisait à chaque baisse d'intensité, faisant comme une bouche à l'ensemble, une bouche aux lèvres pincées, se dit-il. Il ne remarqua ni le tapis râpé jusqu'à la trame, ni le couloir qui s'ouvrait à l'autre bout de la pièce, ni les petites gravures pendues à leurs clous. Il se laissait bercer par le va-et-vient lumineux, puis quelqu'un toussa, cela fit dans l'air un remuement, il aperçut un mouchoir qui se détachait d'une

19

tête, et comme pris en faute, se tournant vivement, découvrit le propriétaire du mouchoir en même temps que les autres membres de l'assistance, assis sur des chaises le long des murs.

Ils étaient une demi-douzaine qui, sous le faible éclairage, lui parurent un instant vêtus d'une même étoffe brune et grossière. L'homme toussa encore, le carré de tissu revint couvrir son visage, il avait des yeux légèrement exorbités et une peau grasse. Il adressa un salut infime à Ilya, lequel, distrait par un brusque courant d'air et l'écho de pas provenant du fond de la demeure, n'eut pas le temps de réagir. Tous firent face à la silhouette qui venait à eux, une femme maigrelette à la coiffure en chignon. Elle se figea dans le couloir, le haut de son corps dans l'ombre, et prononça un nom insaisissable, que l'homme au mouchoir, à l'évidence, comprit parfaitement, se levant en hâte pour la suivre. Une porte au loin se referma dans une nouvelle bouffée d'air frais, et les toiles d'araignée frissonnèrent dans les cadres de stuc.

Près du siège désormais libre se tenait un homme de constitution sèche et de petite taille, flottant dans un costume beaucoup trop large. Il avait un pied sur le barreau de sa chaise, l'autre au sol, et ses orteils remuaient dans sa botte. Il considérait le voyageur avec un amusement quelque peu moqueur, songea ce dernier, une insistance sourde dont il ne pénétra pas le sens. D'un geste, il l'invita à s'asseoir, et lui tendant la main, murmura : « Vous aussi ? Vous venez voir par vous-même ? Tirer l'affaire au clair... »

Il partit d'un rire rapide et sec comme les ailes d'un insecte pris au piège. « Vous vous appelez... ?

— Moss, répondit-il d'une voix également si sourde qu'il eut peine à s'entendre.

— Moss ? dit l'autre, que son nom, un instant, sembla laisser perplexe.

— Ilya Moss.

— Krebs. »

Il lui serra de nouveau la main, cette fois plus vigoureusement. « Vous êtes au bon endroit. » Il eut l'air alors tout à fait réjoui, le regard dans le vide, des poussières jaunes flottant dans l'espace. Puis, se rembrunissant : « Enfin en théorie. » Et à voix plus basse encore : « Parce qu'ici, en réalité, ils ne font rien. Le Bureau n'a pas d'autre raison d'être.

— Le Bureau ?

— Des Visiteurs. Vous ne savez pas où vous êtes ? Ils vous poseront un tas de questions insidieuses et puis ils vous demanderont de revenir un autre jour parce que pour le moment les conditions ne sont pas réunies. Le guide est mal portant, le temps n'est pas sûr, il y a des risques d'effondrements... »

Krebs s'inclina un peu plus, dans sa veste qui s'évasait, dessinant partout des plis. « Ils vous assureront que ce n'est pas la peine d'essayer, qu'étant au village, vous êtes tenus d'en respecter la juridiction, que vous êtes sous leur responsabilité, si bien que si vous prétendez vous passer d'eux, ils vous interdiront d'entreprendre l'ascension par vous-même. »

Il avait beau trouver ce discours du plus grand intérêt, Ilya sentait qu'il peinait à lui accorder l'attention voulue. La fièvre l'accaparait, enfilant comme des lames à l'intérieur de ses os, et la voix de Krebs allait et venait ainsi que le feu dans l'ampoule, tantôt au bord de l'extinction, tantôt si proche qu'il croyait percevoir chaque nuance de son grain. Sa conscience glissait sur les choses, ricochant du plafond barré d'épaisses solives aux taches d'humidité sur les gravures, et de celles-ci aux cloisons rugueuses, aux mains croisées, aux visages.

« D'ailleurs ils n'auront pas tout à fait tort, poursuivait l'autre. C'est sacrément casse-gueule là-haut... »

Parmi les inconnus qui se trouvaient là, une jeune femme lui apparut, adossée à une petite banquette, entre la lampe et le corridor, et tout en la dévisageant, il s'étonna d'avoir pu l'ignorer jusqu'à présent. Elle aussi l'examinait, mais tandis qu'il se limitait à des coups d'œil furtifs, elle prenait tout son temps, n'en concevant, semblait-il, pas la moindre gêne. Il émanait d'elle une telle fraîcheur et, confondue à une absence complète de scrupules, une telle curiosité, qu'Ilya s'interrogeait : était-ce inconscience ou malice ? Elle le regardait toujours, longiligne dans sa robe de cotonnade délicate et sombre et se dressant bien droit, si éperdument là qu'il se jugeait lui-même une présence de trop ; se jouait-elle de lui ? Tout le jour déjà, il s'était senti inapte, si peu dans son élément sur ce sentier traître qui, chaque fois qu'il espérait en atteindre la fin, repoussait le sommet d'une nouvelle longueur sinueuse; les cailloux sous ses pieds s'éboulaient pour un rien, il manquait tomber sans cesse, noyé d'abord dans une brume poisseuse, puis aveuglé par le soleil, si complètement inadéquat au vent, à l'effort, à la nuit – était-ce ce constat qu'elle faisait elle aussi?

Krebs chuchotait : « Et quand vous reviendrez, ils vous serviront la même soupe. Ils vous donneront une autre date et le nom d'un des guides officiels. Mais il n'y a pas de guides officiels. Il n'y en a jamais eu! Tout ce qu'ils cherchent, c'est à vous lasser. Il y a eu trop d'histoires, vous comprenez? Et puis à cause des fous. Le Mur les attire comme des mouches. Après, il faut s'en occuper, et c'est terrible les fous. »

Krebs parut méditer un moment cette dernière affirmation en se mordillant les lèvres. Ses dents étaient mauvaises, remarqua Ilya, mais déjà il s'inclinait vers lui de nouveau, sa bouche chatouillant son oreille : « Ces façons de faire, ces manigances de la commune, c'est indigne. C'est la raison pour laquelle quelques-uns d'entre nous, au village... Écoutez, le ciel est dégagé, la lune ne devrait plus tarder... Si ça vous tente, on pourrait même se glisser de l'autre côté, faire un tour.

— De l'autre côté ?

— Il y a des fissures partout. Seulement, il vaut mieux connaître.

— Des fissures ? » murmura Ilya, se rappelant ce qu'on lui avait raconté au sujet du Mur et de ses parages, somme toute pas grand-chose, même si cela avait suffi à lever en lui une curiosité bientôt obsédante, quelques bribes glanées dans de rares écrits et chez de rares personnes ; entre autres, que la fortification, malgré son grand âge et une absence notoire d'entretien, était remarquablement préservée, que si elle montrait par endroits des signes d'érosion, on ne lui trouvait pas de bout en bout le moindre trou, pas une lézarde assez grande pour s'y faufiler. Cela, un témoin présumé le lui avait confié avec émotion, ajoutant que ce seul phénomène expliquait sans doute nombre de visites, chez ceux qui avaient eu vent de l'existence de la construction aux confins du territoire.

« Et qu'est-ce qu'il y a, de l'autre côté ?

— C'est pareil, la montagne, qu'est-ce que

vous voulez qu'il y ait ? Mais tout le monde n'a pas la bonne fortune de s'y promener. Ça vous fera un souvenir que d'autres vous envieront. »

La jeune femme décroisa les jambes et le froissement de sa robe rappela Ilya à ses pupilles, vives dans la pénombre, ainsi qu'à son front, sa gorge, ses doigts entremêlés, ses chevilles, dont la peau était si blanche qu'ils lui apparaissaient comme autant d'aplats sans profondeur, coupés net par sa chevelure et les bords de ses habits. Elle s'était mise à toiser son voisin, à la va-vite et à contrecœur, remarqua Ilya, et quand son regard revenait sur lui, c'était sans l'assurance joueuse qu'elle manifestait plus tôt, mais avec une expression qui lui sembla agacée

« Je sais ce que vous pensez, continuait Krebs. Tous ceux qui viennent pensent la même chose. Que le Mur est proche. Une demi-heure, une heure de marche à tout prendre. Croyez-moi, vous n'atteindrez jamais le sommet sans aide. Le temps ici est sujet à... comment dire ?... à des caprices. Enfin, c'est ce qu'on raconte. On a eu des expéditions de savants, vous savez ? Ils n'ont jamais réussi à se mettre d'accord. Leurs appareils de mesure perdent le nord ou bien tombent en panne. Les distances non plus ne sont pas fiables. Et puis les sentiers sont gardés. De jour, c'est pire encore. Alors qu'est-ce que vous en dites ? Vous préférez attendre avec les autres, perdre votre temps, perdre espoir, et finir par repartir sans avoir rien vu ? »

Ilya hocha la tête, réprimant un frisson. Ses vêtements étaient trempés de sueur et le froid peu à peu l'avait saisi. Il chercha à se redresser, mais son corps d'abord s'y opposa et il fut tenté de s'abandonner à cette immense fatigue qui pesait sur ses membres et lui embrumait l'esprit. Il se dit qu'il faudrait se reposer plutôt, reprendre des forces avant la montée finale, et voulut proposer à Krebs de le retrouver plus tard, le lendemain matin, ou bien au soir, si, comme il le prétendait, la route était sous surveillance, qu'il serait encore temps. Pour l'heure, il désirait juste qu'on lui indiquât un hôtel où passer la nuit. Mais, tout en ruminant de la sorte, il lui sembla que ses forces peu à peu lui revenaient, que son indécision, que sa fatigue, que sa fébrilité même étaient comme les signes inversés de ce désir qu'il sentait battre en lui depuis qu'il avait résolu d'accomplir ce voyage, et qu'au contraire il lui fallait se ressaisir.

Il vit que Krebs était debout et le fixait avec impatience. Il se leva à son tour. Une dernière fois, il se tourna vers la jeune fille, et s'il crut la voir secouer la tête d'un air alarmé, il ne put en être certain et l'oublia aussitôt ; de même, à l'extrême lisière de sa pensée, il songea qu'il l'avait vue quelque part, qu'elle lui était connue, qu'une fois déjà peut-être il avait enfoui au fond de lui son image. Krebs l'attendait à la porte. Récupérant son sac et son chapeau, Ilya se dépêcha de le rejoindre.

3

Krebs avait dit vrai : la lune venait de paraître, immense et ronde, de l'autre côté de la vallée. La place tout entière luisait, les pavés comme un océan de vaguelettes immobiles, les balustrades, la mousse sur les toitures et, plus haut dans le village, les abatson noirâtres du clocher. Les deux hommes se mirent en marche, traversant l'esplanade pour s'engager dans une rue étroite qui grimpait en direction de l'église. Krebs avançait vite et ne tarda pas à distancer son compagnon. La pente était forte, la chaussée alternait avec des volées de marches qu'il escaladait sans ralentir son pas ni s'assurer que l'autre le suivait toujours. Ilya était de plus en plus loin, et la venelle multipliant ses méandres, il n'apercevait plus son guide que par brefs intervalles. Bientôt, il fut seul et à bout de souffle. Il passa l'église et, entre les maisons qui s'espaçaient, une succession de petits potagers et de lopins en friche. Plusieurs fois, il surprit l'ombre de Krebs filant sur les murs, mais quand il eut laissé derrière lui la dernière habitation et se trouva face à la montagne nue, il ne le vit plus nulle part.

« Krebs ! » appela-t-il, mais il n'entendit que sa propre voix en retour. Il s'arrêta alors, et suivit des yeux le sentier jusqu'au point où il se perdait entre deux masses de roches. Le terrain se déployait vers le sommet de la façon la plus chaotique, formant d'énormes blocs qui se chevauchaient, s'arc-boutaient les uns aux autres comme dans un immense champ de ruines, et ce, semblait-il, jusqu'au Mur lui-même dont le trait lisse et ininterrompu avait en contraste quelque chose d'irréel. Au-dessus, la nuit pleine d'étoiles, que le rempart arrêtait comme une digue, un mince barrage contre une mer phosphorescente, sans fin, sans fond, et dont l'étendue rasait la pierre ; Ilya l'imagina s'élevant d'un degré imperceptible, une goutte suffirait, une simple particule, pour qu'elle déferlât et

engloutît le monde. Il s'imagina les eaux
noires passant par-dessus le faîte, fondant
sur lui, tumultueuses et gaies, mais d'où
tomberait-il, cet atome supplémentaire, dans
le ciel? Il y avait autour de lui des rochers
sans nombre, de toutes tailles et de toutes
formes, baignés de ce bleu pâle qui était
comme une cendre. Il y avait la terre craque-
lée, l'herbe parmi les cailloux, çà et là de
petites fleurs pelées. Entre ses pieds une
chenille rampait, et cet air vif qui brûlait sa
gorge, et le silence. Pas une fissure, pas une
ombre inoccupée, pas une place à prendre,
songeait Ilya; et lui-même, comme tous les
hommes, à la tête d'une folle, d'une impossible machinerie à débusquer l'absence. A
cette pensée, il fut saisi d'un haut-le-cœur. Il
dut s'appuyer contre la pierre et respirer à
grands traits.

Une nouvelle fois, la tentation lui vint de
repousser l'échéance. Le Mur pouvait attendre. Il se figura le versant sur lequel il avait
tant peiné depuis l'aube, il rêva les yeux
ouverts qu'il le dévalait, abandonnant sans
regret la bourgade, son petit peuple claque-
muré et ce bureau sinistre où on se payait la
tête des gens; il quittait tout cela avec joie,

une joie, lui sembla-t-il, comme il n'en avait pas connue depuis une éternité, l'expression d'un mépris souverain pour tout ce qui retenait l'être d'aller selon son bon vouloir, toute la misère des âmes battues en brèche et qui exigeaient en retour une douleur universelle ; cette misère, à vrai dire, lui était-elle étrangère ? Une déception, aussi bien, était au départ de son projet, et sa volonté d'atteindre le Mur, d'en percer l'énigme, la marque d'une vie qui ne se suffisait pas à elle-même. Comment savoir ? Ne pressentait-il pas qu'aucune révélation ne l'attendait là-haut, qu'il ne recherchait en fait et sans se l'avouer que la confirmation de son impuissance à dépasser sa condition, à s'embrasser pleinement, à se rejoindre ? Ainsi pourrait-il se résigner enfin, se coucher avec les autres, disparaître. Oui, mais à présent c'était sans importance, il fuyait loin du village, le sol sous ses pieds élastique et docile ; à bonds vertigineux il rejoignait la maison où il s'était arrêté pour boire, et déjà s'en éloignait, la tête vide, le cœur ivre, le vieil arbre surgissait sous la lune, oublié lui aussi, et les heures de souffrance sur le raidillon. Il entrait dans la brume qui baignait la vallée, il pénétrait son duvet laiteux et tiède, il retournait dans l'indistinction bienheureuse – pourtant non, de cette consolation il ne voulait pas davantage, et il sentit qu'il ne s'en tirerait pas à si bon compte.

En bas, c'était cela, l'eau sédative, le goutte à goutte des jours, pour tout satisfecit une volupté pleine d'épines, les angles des idées, des sentiments arrondis au papier de verre, et une lucidité au rabais, à distance égale de l'hébétude et du réveil. Là-haut, au contraire, autre chose attendait peut-être d'advenir. Ce n'était pas fatalement, comme Krebs paraissait l'entendre, un site touristique, un de ces lieux de pèlerinage où l'on vient se rassurer sur le compte de l'ailleurs, ou un point de ralliement pour les illuminés, non plus qu'une opacité muette où se cogner le front jusqu'au sang, mais l'occasion – d'un franchissement, d'une expérience ? Les témoignages qu'il avait recueillis abondaient en ce sens, ces récits défaillants, ces balbutiements effarés ou penauds, ces voix qui s'accordaient pour dire qu'ici avait eu lieu quelque chose, que tout en était changé, que rien n'était changé, et cependant, cependant... – et lui ne savait plus où était sa nécessité ni son courage, de quel côté il lui fallait tenter sa chance cette nuit. C'était peut-être bien son incertitude, d'ailleurs, qui l'avait mené là, cette ambiguïté qui peu à peu avait ouvert une fissure à tout propos et en toutes choses. Fallait-il qu'il cherchât sa route dans la brume ? Lui fallait-il gagner plutôt le sommet ? A moins qu'il ne fût, et tout le monde avec lui, le résultat de cet assemblage : un brouillard, une ligne.

S'arrachant à ses pensées, il reprit l'ascension. « Krebs ! » appela-t-il encore, mais il n'obtint pas de réponse. On y voyait de plus en plus clair et le silence était tel que par moments il croyait entendre son cœur battre. L'attache de sa bandoulière grinçant au rythme de sa foulée, il referma dessus sa main pour la faire taire. A mesure qu'il avançait, les rochers grandissaient aux bords du sentier, violets sous la lune, galbés comme des corps. Au sol, chaque caillou se complétait d'une ombre d'un noir d'encre et au contour si précis qu'elle ressemblait à un trou, le caillou perché au-dessus comme s'il devait y tomber tôt ou tard. Le terrain était ainsi criblé, et partout s'ouvraient des passages. Il tentait d'aller au plus direct, se réglant sur le Mur chaque fois qu'il réapparaissait, flottant sur le relief en dents de scie ou dans l'étau formé par deux rocs, même s'il n'ignorait pas, pour l'avoir entendu dire, qu'en montagne le chemin le plus droit est rarement le plus court. Il essayait aussi de repérer des traces de pas dans la poussière, celles de Krebs espérait-il, tout en se demandant à quoi pouvait rimer son échappée. Avait-il changé d'avis ? Cherchait-il à l'égarer ? Mais il était incapable de distinguer les aspérités de la piste, ses lézardes, ses creux, d'empreintes potentielles.

Insensiblement, la gorge se resserra, devint un goulot, sur quelques mètres si étroit qu'il dut rentrer les épaules pour passer, à tâtons, sondant du bout de ses semelles la route qu'il ne voyait plus. Le corridor enfin s'évasa, recommença à bifurquer en tous sens, et Ilya entendit un bruissement continu qui provenait de sa gauche. Tout près, un torrent. Il fallait pour l'atteindre dévaler un bout de côte. Il y parvint sans encombre, s'accroupit et plongea ses mains dans l'eau tumultueuse. Il trouva sa fraîcheur si délicieuse que se couchant sur les galets humides, il y enfonça la tête jusqu'au cou. Le courant était glacial, il ne le comprit qu'alors et se souleva dans un cri. Quand la douleur sur ses tempes eut reflué, il roula sur le flanc et resta étendu sur la rive. Les flots se pour-chassaient, si rapides, si nombreux, qu'ils évoquaient un autre temps, à peine envisa-geable, songea Ilya, où un instant suffit à être, un seul instant incessamment défait, et tintaient dans leur fuite comme des milliers de clochettes. Ilya trempa ses doigts dans l'écume, observa la façon dont les bulles blanchâtres s'agglutinaient, celles-ci s'agitant contre l'ongle de son pouce, celles-là cernant une phalange comme une foule compacte aux portes d'une tour. Puis il se remit à genoux, prit sa gourde dans son sac et la remplit, but une gorgée, une autre, se dé-couvrit une soif formidable et vida entière-ment la bouteille qu'il immergea de nouveau, la sentant tressauter sous la surface tandis que l'air s'en échappait. Il entendit une pierre tomber quelque part en amont, re-bondissant plusieurs fois. La chute ne pou-vait s'être produite à plus d'une dizaine de mètres.

« Krebs ? » lança Ilya. Sa voix sonna bizar-rement à ses oreilles. Depuis qu'il appelait en vain son guide évanoui, il avait moins l'impression de nommer un homme que de coasser. Peut-être était-ce même ce que l'autre recherchait : qu'il eût l'air de se prendre pour une grenouille et que les autorités, lui mettant le grappin dessus, lui réservassent le sort fait aux fous. Ce nom, il l'aurait forgé dans ce seul but. Comment être sûr, d'ailleurs, que les pouvoirs locaux n'étaient pas de mèche ? Mais il songea aussitôt à l'extravagance de son hypothèse ; l'inverse n'était-il plus vraisemblable : Krebs avait très bien pu mentir lorsqu'il affirmait que le Mur était sous haute garde et inaccessible à ceux qui ne connaissaient pas la région, deux assertions pour le moins contradictoires, et il se demanda encore à quelle étrange farce le montagnard se livrait à ses dépens.

Plutôt que de revenir en arrière, il décida de continuer son chemin le long du torrent dont la géographie encaissée ménageait une pente plus douce, rompue parfois par des paliers auxquels répondaient de petites chutes d'eau et qu'il ne devrait pas avoir trop de mal à franchir. Il décida aussi de ne plus se soucier de Krebs et, si par hasard il ressurgissait, de l'envoyer paître. D'abord, ainsi qu'il le prévoyait, il progressa avec facilité. L'itinéraire était moins retors que celui qu'il avait suivi jusque-là, sinuant entre les pierres géantes, et la proximité du rapide tout empli de lumière, ce grand souffle froid qu'il expirait comme une haleine, un soutien appréciable. Il n'était plus seul. Le torrent avait beau se précipiter dans la vallée et lui peiner dans l'autre sens, d'une façon mystérieuse qui le fit presque sourire, ils avaient partie liée. Cependant, le compagnonnage fut de courte durée. Le paysage s'accidenta, les cascades devinrent plus hautes, la marche tournait à l'escalade et il crut nécessaire d'obliquer, lâchant le cours d'eau pour le fond d'une ravine qui l'amena sur un long plateau creusé de failles qui surplombait le dédale de rochers.

La vue y était dégagée et l'objet de sa quête de nouveau visible. Il était beaucoup plus proche à présent. Rien ne l'en séparait plus, passé la zone de crevasses où il venait d'entrer, qu'un terrain à plus forte déclivité mais d'un aspect de moins en moins tourmenté, s'unissant à mesure qu'il se rapprochait du Mur, près duquel il offrait une apparence brillante et lisse. Il louvoya entre plusieurs gouffres dont il ne sut estimer la profondeur, la nuit les remplissant de son liquide lourd et sans reflet. D'autres, plus modestes, laissaient voir leurs fonds de broussaille. Il allait avec prudence, refusant, si près du but, qu'un faux pas ruinât son effort. Il en oubliait sa fièvre et ses plantes de pied douloureuses. Il en oubliait le gargouillis de son ventre, la faim qui depuis peu ajoutait à sa plainte. Il n'avait pas mangé depuis midi, son repas ayant consisté en un œuf dur et deux petites pommes. Et ses habits collaient sur lui comme des emplâtres.

Tout cela à présent n'était d'aucune importance s'il ne se laissait pas déborder par la hâte et maintenait une allure prudente, attentif à chaque pas, à la résistance du sol, se tenant aussi loin que possible du vide. Pour ce faire, il traça mentalement une ligne qui scindait en deux le paysage, à équidistance des précipices. Il y posait un pied devant l'autre ainsi qu'au long d'une corde tendue. Il tentait de réduire le monde à ce rayon sans masse ni épaisseur, y parvenait par à-coups, s'en trouvait bien, dans une paix heureuse comme celle qui précède le sommeil. Gagné par la rêverie, il n'entendit pas dans son dos le bruit précipité des pas et ne perçut qu'au dernier instant l'ombre de celui qui, arrivant à sa hauteur, le poussa en avant de toutes ses forces.

Ilya vola. Avec horreur, il vit passer sous lui le bord d'un ravin, y dégringola, muet, pour ce qui lui sembla une chute sans fin, rebondit une fois, deux fois, muet toujours, le troisième contact avec la roche lui causant une douleur si vive au côté qu'il hurla, sa plainte aussitôt réduite au silence par un dernier choc, après quoi il tourbillonna dans un nuage de terre et d'épines, roulant dans les buissons qui s'entortillaient au pied de la faille, où il s'immobilisa.

Avait-il perdu conscience? Il reposait sur un tapis de cailloux et de brindilles, un bras sous le torse, l'autre à l'équerre et, ouvrant les paupières, distingua le fond de la cuvette, envahi d'une végétation rêche et luisante. Sa position, ajoutée au mal qui lui perçait les côtes, entravait sa respiration, pourtant il ne fit rien pour y remédier. Il était dans son corps semblable à un nourrisson serré dans ses langes, et sa douleur, répartie en plusieurs foyers irradiants, lui parvenait de si loin qu'elle ne lui appartenait pas plus que cette feuille morte, à quelques centimètres de son nez, ou que son chapeau, pendu là-bas à une ronce. Quand des mains soudain le saisirent et le retournèrent, il ne réagit pas davantage, mais des myriades de points blancs s'allumèrent dans ses yeux. Et quand il sentit ces mêmes mains le fouiller, tirer sur son sac qu'il portait toujours et achever d'un coup sec d'en déchirer la bandoulière, il observa simplement que son crâne tapa à répétition contre le sol et que sa nuque vint presser contre l'angle d'une pierre.

L'homme secoua le sac, éparpillant son contenu au sol. Il écarta les habits, la trousse de toilette, la carte de la région, balança le paquet de cigarettes mais conserva le briquet, et se redressa, tenant une vieille montre à gousset qu'il empocha également. Il s'intéressa ensuite à son portefeuille, qu'au matin Ilya avait transféré de son pantalon à sa besace. Outre une somme d'argent modeste, il n'y trouva qu'un tas de documents pour lui sans intérêt, qu'il extirpa un à un des minces poches de cuir comme on effeuille une fleur, et jeta dans les fourrés. Sans doute déçu de la maigreur du butin, il poussa un juron, se pencha vers Ilya et le souleva par le col. Il approcha son visage tout près de celui de sa victime qui respira son haleine écœurante, et le reconnut. Cet ovale sombre devant le ciel, ce souffle rapide, ces dents tordues et écornées, brunes comme des échardes, c'était l'homme qui lui avait offert ses services au Bureau des Visiteurs. Il examina longuement le visage poudreux d'Ilya, tout couvert d'égratignures, sa bouche lâche et ses pupilles troubles, et sembla tenir conseil avec lui-même. Lentement, ses bras se détendirent, ses doigts laissèrent glisser l'étoffe, la tête d'Ilya retomba, et dans le dernier regard que lui adressa Krebs, il lut un mélange inextricable de mépris et de regret.

Il l'écouta s'éloigner, attendit une minute, et rassemblant ses forces, prit appui sur ses coudes pour se relever. De nouveau il fut ébloui, le monde un feu pâle et tournoyant. Il se recoucha. Sa lassitude était grande, et son enthousiasme de tout à l'heure, quand il progressait là-haut, entre les brèches, avec la certitude de toucher au but, lui parut le fruit d'une hallucination, un songe très ancien, celui d'un homme qu'il avait cessé d'être, et peut-être, qu'il n'avait jamais été ; il était ici à présent, tout le reste avait la consistance des taches de lumière nageant dans ses yeux, tout le reste le souvenir d'un autre, et cet autre, un souvenir encore, dans la mémoire d'un vieillard, d'un oiseau, d'un enfant, dans la pensée de n'importe qui, d'une pierre. Il s'assoupit.

4

« Non... Non... Non... » chuchotait la voix,
et sans qu'il eut encore retrouvé ses esprits, il
fut certain, à la fragilité de son timbre, à sa
douceur mêlée de crainte, que ce n'était pas
celle de Krebs ; la voix de la jeune fille alors,
qui au village l'avait dévisagé avec tant
d'audace, qui voulait le mettre en garde, elle,
oui, mais ses yeux refusaient de s'ouvrir, on
avait cousu ses paupières. Peu à peu, il les
dessilla pourtant ; un inconnu était assis là,
ses maigres mains dans son giron. Son cou,
rejeté en arrière, ne semblait fait lui aussi que
de cartilage et de tendons, sa tête une collection d'angles. Il regardait le ciel avec une
expression si douloureuse que, pour un instant, Ilya se crut mort, et pour un autre,

éprouva le chagrin d'avoir disparu, même si ce n'était pas son chagrin mais celui de cet homme dont il ne savait rien. Cela continuait donc, cette drôle de chose, ce sentiment – il était, il n'était pas –, il se demanda ce qu'il lui arrivait. « Non... Non... Non... » répétait l'autre, son registre, décida Ilya, celui du chant plutôt que de la plainte, le mot tombant une fois un peu plus haut, une fois un peu plus bas, et comme vidé de sa substance, si bien qu'il ne refusait plus grand-chose, sinon de se taire ; cette pensée était folle, toutes les pensées sont folles, songea-t-il, la lune au-dessus d'eux touchait à son zénith, elle plongeait dans le ravin comme dans un puits, et les nuages étaient de retour, ivres de vitesse et tout effilés.

La gorge pleine de terre, il entreprit de déglutir et s'étrangla. Comme s'il répondait à un signal convenu d'avance, l'homme se releva. Dépliant un corps anormalement long et lâche, il commença à rassembler les affaires dispersées dans les buissons. Ainsi, il ne l'avait pas pris pour un cadavre, comprit Ilya qui le voyait aller et venir sans cesser de chantonner, fourrant ses papiers et sa gourde dans son sac dont il noua la lanière décousue d'un geste sûr. Il ramassa son chapeau, s'assura qu'il n'avait rien oublié, revint sur ses pas, et passant ses bras sous ceux d'Ilya, l'aida à se mettre debout. L'issue fut un moment incertaine, Ilya tremblant si fort qu'il s'imagina, tandis que l'autre le tirait à lui, sur le point de se briser comme verre. L'image le visita de cette étoile sur une vitre, apparue inopinément devant lui, ses cercles concentriques ainsi que des roues crantées – où était-ce, et quand ? – , il ne le savait plus et c'était sans importance. Cramponné aux épaules osseuses, il luttait avec la conviction qu'il allait choir pour ne plus se relever. Mais c'était sans compter avec l'étonnante vigueur de l'étranger qui, tout à son murmure, le soutenait sans broncher. Il attendit la fin des soubresauts, et quand il jugea qu'Ilya tenait un peu mieux sur ses jambes, se mit en marche, le guidant dans le fond du ravin.

« Non... Non... » poursuivait-il, le vent soufflant plus fort à mesure qu'ils remontaient vers la surface, « Non... », les épines griffaient le bas de leurs pantalons, les cailloux crissaient sous leurs chaussures ; Ilya boitait, et chaque fois qu'il manquait défaillir, l'autre venait en renfort, jusqu'à le porter par instants comme un enfant, ses pieds traînant sans poids sur le sol.

Quand, au terme d'une ascension qui lui parut interminable, ils eurent enfin rejoint le plateau, il fut surpris de l'intensité de la bourrasque. Elle arrivait par vagues comme autant de gifles. Les deux hommes s'engagèrent sur un bras de terre bordé de précipices. Ilya se fût attendu à ce qu'ils prissent le chemin du village, mais sa confusion n'était pas telle qu'il confondît le haut et le bas ; si la pente était faible, il n'y avait pas à en douter, ils s'élevaient. Redressant la tête, il fit face au Mur. Il l'estima plus proche encore qu'avant sa chute, plus lumineux aussi, comme si la roche contenait du phosphore.

Le spectacle du rempart, sa surface homogène et claire, son dessin si pur le galvanisèrent de nouveau. Il voulut aller plus vite, prit son compagnon par surprise en se dégageant de son étreinte, et pour un temps s'avança seul. Il sentait soudain qu'il n'avait pas un moment à perdre, il sentait qu'il était attendu, il contemplait le Mur derrière un voile de larmes, le vent sifflant dans ses oreilles et irritant ses yeux. Chassés à mesure qu'ils se formaient, les pleurs filaient le long de ses tempes et dans sa nuque, levant sur sa peau de pénibles frissons. Combien de mètres encore, combien de foulées ? De sa vie entière, songea-t-il, il n'avait connu pareille fatigue, pareille résolution. Entre ces deux puissances, une lutte féroce, chacune cherchant à s'extirper de l'autre pour mieux le contraindre. Le Mur le désirait tout entier, le sommeil passait des nœuds coulants autour de ses membres et le tirait au sol ainsi qu'on couche une bête. « Non... Non... Non... » récitait l'autre derrière lui, et quand il perdit une première fois l'équilibre, il fut là pour le retenir, et quand il s'écartait dangereusement d'un côté ou de l'autre, défiant le gouffre, il corrigeait sa trajectoire d'une impulsion contraire ; enfin, lorsque, ses dernières forces l'abandonnant, tout devint noir et qu'Ilya s'écroula, il s'agenouilla, bascula contre son ventre le corps inanimé et, ainsi chargé, se souleva dans un soupir et reprit sa route.

Dès lors, Ilya n'eut du trajet qu'une conscience sporadique. Son crâne battait doucement contre l'épaule de son ami sans nom, et dans les brefs intervalles où il voyait, la montagne lui apparaissait au-dessus du ciel et les nuages en haillons avaient l'air d'un banc de

poissons remontant un fleuve déchaîné.
Dans un premier temps, l'homme maintint
son cap, ses muscles tressaillant à chaque
pas sous l'effort. Et puis, subitement, il vira
court, traçant dans la poussière l'amorce
d'un arc. Pour une centaine d'enjambées
peut-être, il continua de grimper vers le
Mur. Puis, passé le sommet de la courbe, il
s'en éloigna, insensiblement d'abord, enfin
de manière nette. Le dévers augmentant, de
même le rythme de sa marche, qui devint
un trot de plus en plus rapide, et finit en
course saccadée. Il se précipitait, haletant,
zigzaguant entre les éboulis et les escarpe-
ments, et ne psalmodiait plus. Ilya, qui se
sentait choir peu à peu, eut le réflexe
d'agripper le manteau de l'inconnu. C'était
comme s'ils dégringolaient un immense
escalier dont les marches penchaient en tous
sens, un escalier doté de sa vie propre,
changeant continuellement d'aspect à
mesure qu'ils le descendaient. Leur vitesse
ne cessant de croître, il craignit que son
porteur ne s'effondrât lui-même. Il les imagina basculant ensemble ; leurs corps enche-
vêtrés ils se mettraient à rouler, et bientôt
tournoieraient, jusqu'à ne plus former qu'un

monstre bicéphale aux membres disloqués, et tout sanguinolent.

« Non... Non... » reprit l'autre d'une voix hachée, modifiant encore sa trajectoire tout en essayant de ralentir. Il avait tourné si brusquement qu'il se mit à chavirer de droite et de gauche. Cette fois, Ilya en était sûr, ils allaient tomber ; mais l'accident n'eut pas lieu : manœuvrant à grand-peine, le montagnard réussit à les mener sains et saufs jusqu'à un plateau herbeux. Encaissée dans les rochers, s'élevait une maison. L'homme était à présent tout à fait exténué et il n'aurait peut-être pas atteint la porte sans l'aide d'Ilya, qui avait jeté ses bras autour de son cou. Il ne vint pas à l'esprit de ce dernier qu'ils auraient pu, cent fois en cours de route, marquer une pause, et quand il se remémora la rencontre, il se demanda si l'homme avait mis un absurde point d'honneur à parcourir d'une traite la distance qui le séparait de sa demeure, ou s'il cherchait seulement à les conduire au plus vite en lieu sûr. Il trouva encore l'énergie de pousser la porte du pied et de porter le rescapé jusqu'à sa couche. Dépliant ses maigres bras, il le déposa sur la paillasse, étendit sur lui sa couverture, puis alla s'asseoir contre le mur.

Adossé à la pierre, il pantelait, la bouche grande ouverte et les yeux écarquillés, son profil éclairé par le feu qui se mourait dans la petite cheminée d'angle. Quand il eut repris haleine, il se releva et alluma plusieurs chandelles qu'il disposa alentour, l'une sur le rebord de la fenêtre, une autre sur la table où s'entassaient de vieux chiffons, la dernière près d'Ilya, à même le sol, sa clarté se réverbérant sur la toile huilée d'un manteau de pluie suspendu à un clou. Il se pencha ensuite sur l'âtre et raviva les braises, les remuant à l'aide d'un bâton calciné avant de jeter dessus une poignée de brindilles. Une bouffée de chaleur au parfum de sève envahit la pièce. Elle mit des couleurs au visage d'Ilya et pénétra ses vêtements trempés de sueur. Elle fut suivie d'une deuxième vague, et d'une autre encore, l'homme secouant un bout de carton sur les flammes. Quand il les jugea assez hautes, il tira derrière lui son tabouret et se campa au chevet d'Ilya.

« Non... Non... » recommença-t-il à chanter, sa voix si basse qu'elle se confondait avec le chuintement du bois, et qu'avant de

52

se tourner vers lui, de voir bouger ses lèvres, Ilya crut entendre parler les étincelles. Ils restèrent là, l'un couché, l'autre assis, dehors mugissait le vent, qui additionnait sans relâche l'infinité de ses courants, les souffles prenant un malin plaisir à se ramifier, pensa Ilya, pour ne laisser aucune passe, aucun recoin inoccupés ; pendant de longues minutes ils se tinrent immobiles, dans le bercement des rafales et le crépitement du feu.

Au bord du sommeil, Ilya laissait son regard errer du foyer à la porte d'entrée, de celle-ci à l'unique fenestron où dans sa coupelle de cuivre la bougie écoulait sa cire, de la fenêtre au mur bouclé du fond, rond comme un ventre. Une étagère courait sur le côté du lit, accueillant un assortiment d'objets. Il ne lui eût prêté qu'une attention distraite sans ce chatoiement, au bout de la planche, où un prisme découpait la lumière. Le voyant sous le charme des irisations, l'homme se saisit de la verrerie – une petite boule à facettes attachée à une ficelle – et la lui remit. Ilya la fit rouler entre ses doigts, l'autre approuvant d'un sourire. Tout à coup il se raidit, à l'écoute, et tendant l'oreille comme lui, Ilya entendit bêler au loin. Le cri fut suivi d'un concert de plaintes aigres et du tintement de nombreuses cloches, ce qui eut l'air de rassurer son hôte. Un berger, comprit Ilya, et dans le long bâton posé près de la porte il reconnut une houlette. Sa partie supérieure, en fer forgé, s'enroulait sur elle-même, renfermant la figure délicate d'un arbre à trois branches doubles qui s'élevaient de chaque côté du tronc et dont les feuilles dessinaient de plus petites spirales encore. Sur la cime, Ilya devina un coq, stylisé comme le reste jusqu'à l'abstraction. Tandis qu'il considérait l'instrument, le chevrier, enhardi par l'intérêt d'Ilya, se mit à transférer tous les bibelots de l'étagère au lit.

Il y avait là une grosse loupe au manche de bakélite, une règle graduée, une tabatière à priser ornée d'un camée coquille, un ticket de tramway usagé, un Voigtländer à soufflet dont l'optique était toute fendillée, un médaillon qui ne contenait rien, des boutons de manchettes dépareillés et un assortiment de billets et de menue monnaie : des Reichsmarks à l'effigie de Schiller, vit Ilya, mélangés de piécettes de zinc frappées de l'étoile de David, une demi-douzaine de dinars yougoslaves, une coupure de deux couronnes autrichiennes dépassant d'une autre de dix livres anglaises, un demi-dollar de 1908 et une pièce de un franc ornée de cornes d'abondance. Le dernier article était la queue d'un animal, celle d'un écureuil, jugea Ilya à son panache brun-roux. Au lieu de le poser sur le lit avec les autres, le berger le fixa un moment en chuchotant, puis, soulevant la couverture, le plongea dans une des poches du manteau d'Ilya. « Non... Non... » assura-t-il. Il prit alors l'appareil photo, lui indiquant d'un geste qu'il l'avait trouvé quelque part dans la montagne et qu'il en allait de même pour le reste de sa collection.

« Non... Non... » scandait le berger, et l'enjoignant à la patience, s'accroupit, plongea sa tête sous le lit et en retira un carton à dessins sur lequel il souffla pour en chasser la poussière. Avec gourmandise, il en défit le ruban, le tendit à Ilya et le regarda examiner son contenu comme s'il assistait au plus captivant des spectacles. Lorsque Ilya fronçait les sourcils, il faisait de même, s'il s'attardait sur une des esquisses, il cessait de respirer ; quant à l'expression de leurs visages, elle se modifiait de concert, d'abord incrédule, et peu à peu gagnée par la hantise.

C'était une série d'encres de Chine repré-
sentant le Mur. Chacune, à l'exception de la
dernière, était datée, attestant qu'elles
avaient été exécutées en quelques semaines,
le temps d'un printemps, et signées des
initiales « J.L. ». Les premiers dessins, au
trait souple et sûr, détaillaient la construction
et son socle montagneux de façon tout exté-
rieure. Ils étaient, pensa Ilya, les croquis
d'un artiste en voyage exerçant son œil, ou
comme des mémorandums en vue de com-
positions futures. Cette nonchalance, cependant, se dissipait assez vite au profit d'une
approche de plus en plus méticuleuse,
comme si le paysagiste avait laissé sa place
au médecin et le motif au protocole opéra-
toire. Les lignes s'y affinaient jusqu'à en
devenir çà et là imperceptibles, rien ne semblant devoir échapper à l'inventaire de
l'auteur. Ainsi, au premier plan de l'une des
planches, avait-il reproduit avec une fidélité
maniaque un bouquet de gentianes pris dans
la rocaille. Derrière s'érigeait le rempart,
sévère, comme retranché du monde, mais
dont le grain de la pierre et les petites touffes
de mousse à sa base étaient rendus avec une
précision hallucinatoire – à moins, soupçon-

na Ilya, que sa fièvre le mystifiât et qu'il perçût plus que l'autre n'avait peint. Cette pensée le troubla si fort qu'il s'empressa de la congédier, passa aux feuilles suivantes, où, à son entière surprise, le dessinateur troquait le pinceau pour le calame et se libérait de tout souci d'objectivité. D'image en image, le trait s'épaississait, taches et aplats fortement dilués tendant à se substituer aux figures. Quelques esquisses plus tard ne subsistait du panorama originel qu'une ondulation d'ensemble, le relief de la roche, le faîte du Mur ramenés à un petit nombre de parallèles sinueuses qui s'unissaient à l'infini. Enfin, il n'exista plus qu'une ligne traversant la page dans le sens de la longueur, avant l'ultime évocation, une seule ligne toujours, tracée d'une main tremblante ou comme si la plume avait dérapé, mais celle-là était verticale, et la découvrant, Ilya fut saisi de terreur.

Le voyant si ému, le berger lui reprit le carton et le fit disparaître. « Non... Non... Non... » marmonna-t-il, et dans un nouvel accès d'inspiration, quitta le lit pour l'extrémité opposée de la pièce d'où il revint muni d'un flacon de vin, d'un quignon de pain noir et d'une tranche de saucisson. Ilya engloutit la nourriture, arrosant chaque bouchée d'une gorgée de vin, à la joie de son hôte qui, une fois de plus, sembla apprécier la scène en amateur éclairé de la vie d'autrui. Le ventre plein, l'alcool coulant dans ses veines, Ilya se sentit la force de repartir. Dès qu'il comprit son intention, le montagnard entra dans une grande agitation. Ses mains, sa tête, son corps tout entier exprimaient une désapprobation véhémente et quand Ilya se leva, son anxiété prit des proportions folles. Il chercha à traduire en mots ses sentiments mais sa bouche se refusait à articuler et, n'obtenant que des borborygmes, il finit par secouer un doigt devant le visage d'Ilya. Ce dernier à son tour voulut prendre la parole, mais le berger, posant une main sur ses lèvres, le repoussa vers la couche et le força à s'asseoir sur le tabouret.

Il se livra alors à un manège dont Ilya fut incapable de deviner le sens. Après avoir éteint une des bougies et déplacé les deux autres, plongeant dans la pénombre le coin où se tenait son invité, il décrocha du mur sa corde à linge, la tendit à travers la pièce et la noua à la poignée de porte. Il recouvrit la ficelle d'un drap noir, et se tournant vers la table, désormais cachée à la vue d'Ilya, s'empara du tas de chiffons. Il s'affaira un moment derrière le rideau de fortune, et se dressant soudain comme sur un ressort, jeta de l'autre côté du tissu une marionnette qui pendilla, inerte, au-dessus du sol, le temps que le montreur désentortillât les fils de la croisée. Puis, avec une soudaineté telle qu'Ilya crut voir un dormeur s'éveiller en sursaut d'un mauvais rêve, elle s'anima. Un militaire, pensa-t-il. Les morceaux d'étoffe attachés les uns aux autres composaient en effet un uniforme presque aussi sombre que la toile qui leur servait de fond, à l'exception de la ribambelle de galons dorés fermant le gilet, dans lesquels le spectateur reconnut des clous de tapissier, et du soleil – certes noir lui aussi, mais auréolé de flammes écarlates – brodé sur sa poitrine. Sans qu'il l'identifiât clairement, le symbole lui était familier et levait en lui un sentiment d'hostilité. Il eut beau s'interroger dans les minutes qui suivirent, la cause de son malaise lui demeura obscure.

Le soldat se lança dans une espèce de gigue désordonnée. Sa tête était en bois, de même la carabine et la main qui l'empoignait, taillées d'une seule pièce, et il souriait d'une bouche en cul-de-poule fardée de rouge. Entre les longs bras du berger, il gambilla, les bottes dans le vide, le cou se décollant régulièrement du tronc comme pour montrer le nœud qui les tenait ensemble.

Après avoir fait exécuter au fantoche une série de piqués et de sauts de chat, le marionnettiste ajouta un second élément à son tableau. Relié à une baguette par un fil de nylon, un croissant de lune vint lentement à la rencontre du militaire qui, l'apercevant, gigota de façon plus enthousiaste encore, et ne fit bientôt plus que trépigner, à la manière d'un enfant capricieux, pensa Ilya, ou d'un adepte d'Artémis exigeant son dû. Mais quand il l'effleura du bout de son fusil, la lune mit un terme à la pariade et reprit de l'altitude. De dépit, son soupirant lui tira dessus, le manipulateur traduisant les détonations muettes en projetant chaque fois la poupée un peu plus en arrière. Abandonnée à elle-même, celle-ci connut un instant d'indécision, et Ilya fut impressionné par l'expressivité de cet assemblage de haillons mal ficelés qui se donnait pour une personne. La lune envolée, la marionnette regarda de droite et de gauche, courba l'échine et, insensiblement, retourna à son état de chose, se recroquevillant à terre. Elle fut ressuscitée par l'arrivée d'un colégionnaire qui arborait sur son plastron le même symbole solaire.

Parachuté à jardin, ce dernier longea la tenture d'une cadence martiale, les bras plaqués sur les hanches, son manieur émettant un « Non » étouffé chaque fois qu'il levait les genoux. Lorsqu'il parvint à la hauteur du premier soldat, il lui infligea une bastonnade en règle, puis se colla à lui. Les soldats défilèrent, alternant garde-à-vous, présentations d'armes et brèves séquences de marche. A cour cette fois apparut un troisième fantassin qui s'inséra entre les deux autres. Tenant les contrôles d'une main, le berger se contenta dès lors de les faire aller et venir comme s'ils n'étaient qu'un, ce qui lui permit d'introduire un quatrième pantin, une jeune villageoise aux tresses blondes et au corset lacé. L'entrée en scène de la fille sembla réjouir son créateur. Tandis qu'il imprimait à la bamboche un mouvement de haut en bas, ses amples jupes bouffant à l'unisson, son visage s'éclaira. Il la fit ensuite toupiner, la croix de bois tournoyant entre ses doigts, et, tout à son plaisir, négligea complètement ses fusiliers. A mesure qu'il se déridait, Ilya se sentit lui aussi plus léger. La gaieté naïve de l'ermite avait quelque chose d'irrésistible, et pour la première fois depuis qu'il avait entamé l'ascension de la montagne, il oublia son projet et ses espoirs insensés, en même temps qu'il prenait conscience de l'autre représentation, celle des ombres sur le mur.

Les silhouettes des marionnettes se déployaient sur toute la surface de la cloison où courait l'étagère, laquelle, vidée de ses bibelots, traçait une ligne de démarcation dont ils n'avaient cure. D'un côté, les soldats, fondus en une masse compacte, se dilataient et se contractaient sans répit, réagissant au moindre frémissement de leurs modèles et d'une dimension si mouvante qu'elle passait brutalement du simple au triple, comme si soudain ils voulaient tout engloutir. De l'autre tourbillonnait la fille, un cierge sombre, son image troublée par les ondes de chaleur qui émanaient du feu. Le numéro connut une fin brutale. Contemplant les reflets sur le mur, Ilya vit les militaires lever leurs armes et, avec une assurance tranquille, mettre la danseuse en joue. Celle-ci, inconsciente du péril, continuait de virevolter. « Pan ! » s'exclama le berger, et il la laissa choir.

Ilya se retourna vivement, juste à temps pour le voir disparaître derrière le voile noir. Quand il ressurgit, il tenait la lune au bout de son bâton. Elle descendit jusqu'à terre et de sa pointe inférieure, éperonna la dépouille. Ainsi s'éleva-t-elle, conduite Dieu savait où, songea Ilya, avant que le manipulateur ne s'en saisît, la déposant derrière le rideau. Il s'empara sur son élan des trois soldats qu'il avait suspendus au fil à linge et orchestra pour eux une nouvelle parade plus empressée que la première. Dès cet instant en effet, l'action alla s'accélérant. Le marionnettiste produisit un vieillard, sa barbe et sa pelisse en poil de chèvre, et qui, après un salut et quelques entrechats, fut abattu à son tour. « Pan ! » repartit le montreur. La lune emporta le cadavre, le peloton retourna à sa ronde, et un enfant dont la tête, sculptée avec un soin particulier, comportait de grandes oreilles décollées et une tignasse de paille, se trémoussa à son tour et reçut le même traitement. « Pan! » cria encore le tireur de ficelles, et le remplaça sans attendre.

En l'espace de deux ou trois minutes et sur un rythme croissant, Ilya assista aux pirouettes, à l'exécution et au transport céleste de huit autres civils, le berger finissant par ressembler à la pièce centrale d'un moteur emballé. Son stock de poupées épuisé, il repêcha la jeune villageoise. Hagard, en nage, il répétait les mêmes gestes sans réfléchir, semblant inspiré par une force plus primitive que celle de la pensée, se dit Ilya, une conscience reptilienne, l'aveugle ténacité des insectes, ou toujours plus élémentaire, la vitalité de la matière même et des lois inflexibles qui la contraignaient, ici même comme aux confins de l'univers; quant à son interjection, simulant le coup de feu, elle devenait chaque fois moins audible; ce n'était plus la détonation qu'il donnait à entendre, c'était le râle.

L'état d'égarement du pâtre eut tôt fait de se communiquer à Ilya, qui chercha refuge du côté des ombres. Son soulagement fut de courte durée. A l'instar des dernières encres

du peintre, tout y était fumées, taches dé-
layées, méandres informes, avec, barrant les
remous, la planche de l'étagère comme un
front bas et bête. Là se mélangeaient les
gestes et les corps, c'était pire que tout, et se
sentant pris au piège, Ilya se leva, si brusquement qu'il renversa le tabouret. Il fit un
pas vers le rideau, il lui fallait arrêter ce
tourniquet fou, il fallait que les villageois
cessassent de monter et de descendre, les
trois autres de les fusiller au passage, le
berger de ressasser son onomatopée inepte.
Mais tandis qu'il se rapprochait de lui, le
marionnettiste s'embrouilla dans ses fils. Un
des pantins accrocha le drap et, voulant l'en
libérer, il arracha son décor ; la corde à linge
se décrocha, le fantoche, la lune et les soldats
s'abattirent sur lui ainsi que le voile dont,
tombant en arrière, il se trouva recouvert.

Au lieu de se dégager, il demeura sous le
tissu, emmailloté dans les fils de ses créatu-
res qui gisaient pêle-mêle à ses pieds. Ilya ne
sut s'il devait l'aider à se dégager de l'éche-
veau. Avisant ses affaires, il y renonça, attrapa son sac et son chapeau que le berger avait
déposés près de l'entrée, et rejoignit la porte.
Il ne put toutefois s'empêcher de jeter un

dernier regard à l'homme enveloppé de noir.
Malgré son désir de déguerpir, il jugea sa
fixité assez préoccupante pour que, retour-
nant vers lui, il retirât le linge de son visage.

Le menton du pasteur reposait entre ses
clavicules, laissant voir la spirale humide de
sa chevelure. Il resta ainsi un moment, dans
une totale hébétude, avant de se remettre à
chuchoter. « Non... Non... Non... » disait-il,
et cette fois, il semblait moins émettre le mot
que l'avaler, le prélevant dans l'espace pour
le faire disparaître. Ilya posa une main sur
son épaule et le berger plongea ses yeux
dans les siens, des yeux qui ne voyaient plus.

5

Il avançait contre le vent, serrant le col de sa veste, la montagne au-dessus de lui un territoire obscur et sans profondeur. Aveuglé par les rafales, il avait beau scruter la roche devant lui, il ne découvrait son relief qu'en y posant le pied, et tout en redoutant que le sol ne se dérobât, trouvait dans cette incertitude une jouissance. Si la côte s'aplanissait, elle devenait sans cesse plus ardue, l'obligeant à s'aider de ses mains, que très vite il ne sentit plus, tant l'air était glacé. Aux rares instants où, entre deux bourrasques, il réussissait à voir le sommet, il lui apparaissait proche, si proche qu'il eût dû l'atteindre déjà, et à cette pensée, il redoubla d'efforts. Par intervalles, il croyait distinguer dans la pierraille un sentier, mais la plupart du temps, il marchait sans repère, et il lui vint à l'esprit qu'à l'altitude où il se trouvait, le versant entier, dans sa morne uniformité, ne formait en vérité qu'un chemin plus large. Il se disait aussi qu'il était seul, que dans l'immense champ de cailloux personne n'était là pour le voir, et tirait de ce constat un surcroît de volupté. Il était séparé de sa douleur, son épuisement même devenait un soutien, à l'abri duquel il avait tout loisir d'aller, sans autre crainte que celle de s'effondrer. Sa cheville ne le faisait plus souffrir, sa fièvre était tombée, et le Mur, peu à peu, se rapprochait

Pourquoi, alors, chaque fois qu'il portait son regard vers la crête, lui semblait-il qu'elle demeurait à la même distance, comme s'il piétinait sur place ou qu'elle refluât à mesure de sa progression ? Le Mur était-il beaucoup plus haut qu'il ne l'imaginait, et la bande lisse qui l'en séparait, d'une étroitesse illusoire ? Pourtant le terrain n'était pas de nature à susciter pareille erreur de perspective : quand le vent et les nuages lui en donnaient la chance, il discernait clairement les pierres qui, à la manière d'un toit d'ardoises, le tapissaient en rangs serrés ; ne variant que médiocrement de volume, elles permettaient d'évaluer avec assez de précision l'espace à couvrir. La seule explication, se dit-il, était que sa fatigue l'égarait, chaque foulée imposant une telle tension à sa volonté qu'il la démultipliait mentalement, et s'imaginait gagner dix mètres entre deux appuis. Il fouilla dans son sac à la recherche de sa gourde, les doigts si raides qu'il fut à peine capable de s'en saisir et eut plus de mal encore à en dévisser le bouchon. Renversant la bouteille, il s'aspergea le crâne et la poitrine. L'eau était si froide qu'elle lui coupa le souffle, mais le remède fut efficace . sa lassitude s'était dissipée ; il voyait.

C'est alors que s'éleva le chant .

> *Un sou pour mon ami*
> *Qu'il s'achète son tabac*

La voix était grêle, tout près de se briser, mais, d'une fréquence plus haute que celle du vent, elle glissait sur lui comme sur une vague, intacte et parfaitement audible. Elle appartenait, pensa Ilya, à une enfant ou à une jeune fille, et cet air qu'elle chantonnait

de sa façon lasse et maladive, il était certain
de le connaître, de même qu'il se rappela
nettement les vers qui suivirent :

> *Ses dents sont jaunes*
> *Quand il n'a plus de quoi rouler*
> *Il ne veut plus de moi*

Il s'arrêta, et tournant sur lui-même, chercha à voir qui fredonnait ainsi dans les ténèbres : la montagne était déserte ; le Mur,
distant de six cents pieds peut-être, se jetait
contre le ciel, sa surface si laiteuse qu'il
donnait l'impression d'être éclairé de
l'intérieur et c'était là tout ce qui comptait,
cette limpidité, ce terme à son périple, dont
le souvenir, ressurgi d'il ne savait où, tentait
de le distraire.

> *Une orange pour le faune*
> *Qui meurt au fond du bois*
> *Un petit fruit*
> *Qu'il puisse rouler entre ses doigts*
> *Pour sa dernière nuit*

La complainte de la fillette lui devint vite
intolérable, moins pour sa troublante réalité
que pour l'égrenage de ses petites notes

acides et l'indifférence qu'elles exprimaient à
la douleur, se dit Ilya, à la perte de tout
espoir comme à la pluie incessante qui tom-
bait quelque part. Sur une ville, pensa-t-il.
Mais sur quelle ville pleuvait-il donc ? Il y
avait vécu peut-être. Il ne voyait que la pluie
et écoutait quelqu'un fuir le long d'une rue,
il était dans une chambre où un homme était
mort. Et de quel espoir pouvait-il bien
s'agir ? Et pourquoi ce silence obstiné de sa
mémoire, comme si les souvenirs, s'ils voulaient arriver jusqu'à lui, étaient forcés de
tromper sa vigilance ; que pour sa part elle
ne lâchait sur rien ? Cela, c'était le pire, oui,
l'idée pourtant de lever le voile sur les réminiscences qui l'assaillaient depuis le soir lui
causait une peur atroce, et il songea qu'à
trop insister il risquait ni plus ni moins de se
rendre fou. Il n'avait que le désir de rejoindre la crête, et que la voix cessât de l'im-
portuner. Pour ne plus l'entendre, il poussa
un long cri dont lui revint l'écho. Et comme
effrayée à son tour, il lui sembla que l'enfant
hésitait à poursuivre. Le fantôme entama un
dernier couplet, dans ce qui n'était plus
qu'un souffle...

Un fagot pour la fille
Qui attend sous ton toit
Que l'hiver passe
Contre elle le roi du monde babille

... avant de se taire, laissant en lui une place vide, quelque chose comme une voix atone, la mussitation d'une fillette solitaire ou d'un fou. Mais elle n'appartenait à aucun visage, c'était en lui que les lèvres remuaient en silence et formulaient leur demande incessante : « Quelle est-elle, ma question ? Qu'est-ce, cette fois encore, que je me demande ? » Et comme il en prenait conscience, il sentit qu'il allait se remettre à crier ; le rempart, heureusement, continuait là-haut de miroiter, dressé tout d'un bloc, sa matière imperméable à ce foyer de lâchetés et de doutes qui se donnait pour son âme et qui lui faisait honte. S'abîmant dans le spectacle du sommet, il en oublia sa hantise, et repartit.

De toutes ses forces, il poussa de l'avant, sur le pan de roche qui se raidissait, au point qu'il en fut réduit avant peu à le gravir à quatre pattes. La terre, en outre, tendait à se morceler ; constituée de mottes sèches et mal agrégées, elle s'éboulait, le contraignant à y enfoncer ses semelles et ses doigts pour ne pas dégringoler. Quant à la tempête, elle s'abattait avec une telle véhémence qu'elle fallit plusieurs fois l'arracher du versant.

Il ne s'était pas attendu à une dernière étape si abrupte, pas plus qu'il n'anticipa l'arasement de la rampe : subitement, il se retrouva sur une aire de plain-pied. Elle s'étendait sur une centaine de mètres, puis, sur une distance à peu près égale, le terrain s'élevait doucement jusqu'au Mur. Cette vision, inespérée après la souffrance de l'ascension, lui procura un soulagement tel qu'il en fut un moment paralysé, impuissant à poursuivre et ne le désirant même plus. Il se tenait là, au bord de l'escarpement, hors d'haleine, et tout était bien. Il n'avait plus à se presser, il pouvait se réjouir, le temps qu'il voulait, de la fin imminente de son voyage : n'était-ce pas comme s'il avait déjà atteint la muraille ? Mais après tout, la terre se présentant comme un amas homogène et d'un seul tenant, ne l'avait-il pas ralliée depuis toujours ? Ce raisonnement l'alarma assez pour qu'il se ressaisît et se remît en route. Depuis qu'il avait quitté le village, du fait de sa fièvre, il avait été la proie des pensées les plus aberrantes, et il était déterminé, malgré sa fatigue, à aller à la rencontre du Mur dans un état de complète vacance du cœur et de l'esprit. Il fourra ses mains dans ses poches, rentra les épaules, et pendant une bonne minute, marcha la tête baissée. Quand il la releva pour apprécier son avancée, il eut la certitude qu'il ne s'était pas déplacé d'un pas. Il fit volte-face, craignant de découvrir le gouffre sous ses pieds : ce fut tout juste s'il le perçut, là-bas, un simple pli dans les ténèbres. Il reprit alors sa route vers le Mur, le regard rivé au sol, puis commença à courir.

Enfant déjà, il s'en souvenait confusément, il courait ainsi à l'aveuglette, même si dorénavant plus rien n'était sûr, il y avait une grange rouge, des citronniers aux fruits énormes, et sous le soleil de midi il dévalait la butte, ayant fait serment devant lui-même qu'il n'ouvrirait pas les yeux que ses pieds ne fendissent la mince croûte de vase sur la berge du ruisseau et que celle-ci, en retour, ne les engloutît jusqu'aux chevilles. Là, abondaient les buissons de sumac aux petites fleurs blanches et aux feuilles tombantes ; il avait interdiction formelle de s'en approcher, cela il se le rappelait clairement, et connaissait toutes les histoires des membres de la famille et du voisinage qui, au plus infime contact, avaient développé de terribles urticaires et dont la peau s'était couverte de cloques ; oui, ils avaient eu lieu, ces après-midi de solitude dans les collines, du moins voulait-il le croire, son imagination ouvrant des crevasses, levant des obstacles sous ses paupières closes tandis qu'il filait sur le coteau, ces arbres fruitiers, ce grand soleil. Cette nuit il s'élançait de même, et le mélange d'effroi et d'euphorie qu'il éprouvait, en son savant dosage, le reconduisait à cette époque et sur ce territoire dont il n'était même plus certain s'ils avaient existé. Une nouvelle fois il voyait surgir devant lui des creux et des pleins aux physionomies fantasques, et dans sa cécité, le monde devenait tout ensemble un monstre d'une immédiateté menaçante, susceptible de l'engloutir à chaque pas, et ce royaume infiniment vaste et diffus, sans autre limite que sa peur, son désir ou sa pensée, où sans doute il n'avait cessé jusqu'à ce jour de fomenter sa vie.

En un éclair, il se remémora une autre scène. Il était dans une salle de cinéma, et cet homme qui le serrait tendrement contre lui sans doute était son père. Le film muet l'ennuyant à mourir, il avait reporté son attention sur le musicien, à droite de la scène. Seule sa casquette était visible, soubresautant sur le couvercle du piano de bastringue. S'il percevait le son des marteaux sur les cordes, il ne voyait pas l'accompagnateur, pas plus qu'il n'entendait les acteurs sur l'écran. A la longue, cette double dissociation suscita en lui une angoisse si forte qu'il demanda à sortir. Constatant son émoi, l'adulte partit d'un rire qu'il ne se soucia pas d'étouffer et le souleva haut dans ses bras au milieu des rangées de sièges. Pris dans le flux lumineux, il surprit, le temps du vol, sa silhouette sur la toile, confondue à celle de son parent, le fils prolongeant le père dans une ombre démesurée. Quant à lui-même, à présent, en aval d'une éternité, était-il autre chose qu'une projection à travers le temps de cet enfant qui déboulait vers la rivière ? Un faisceau chatoyant, se dit-il, que seul un support vierge, quelque part sur sa trajectoire, avait pouvoir de manifester ; le

Mur, bien sûr, et voilà qu'il s'y ruait, se délestant de son sac et perdant son chapeau, dans le bruit sourd de ses chaussures qui martelaient le sol.

Au tiraillement dans ses mollets, il sut qu'il avait rejoint l'ultime segment de côte. Il s'exhorta à ne pas voir, à se faire violence un peu plus longtemps, une trentaine de pas encore, une quinzaine, mais avant qu'il n'eût fini de compter, il fut envahi d'un sentiment atroce et dut ralentir, jusqu'à s'arrêter tout à fait.

Soudain, il n'était plus celui qui mettait un pied devant l'autre ; non, c'était autre chose ; plutôt, il marchait dans ses propres pas, seulement ce n'était pas cela toujours, c'était impossible à dire et c'était malgré tout la réalité même. Il sentit qu'il n'était plus qu'agi de l'intérieur – par quoi ? par qui ? –, ces questions, comme tout ce dont était fait le monde, le vent, ses mains transies, sa peur et son attente, lui étaient données, il n'était pas celui qui les posait, lui-même n'était qu'un masque, un ajour, la surface d'une glace, son nom une désignation spécieuse, sa conscience un rictus et le refus d'une compréhension plus haute, et si cette folie ne dura que le temps d'un battement de cœur, elle le laissa formidablement démuni. Rouvrant les yeux, il vit la fortification sur l'horizon, aussi lointaine qu'auparavant, et vaincu, tomba à genoux.

Il écoutait son souffle et ne bougeait plus. Que s'était-il passé ? Une horreur, une joie, rien qu'il pût retenir, Dieu merci, cet abandon de tout son être l'ayant mis au supplice. Il eût à cet instant cédé tout son bien en l'échange d'un toit, d'un feu, d'une retraite anonyme où se terrer le reste de la nuit, mais ses possessions se réduisaient à une queue d'écureuil et un costume en loques. Il verrouillerait la porte de la chambre et il y boirait jusqu'à se remémorer d'où il venait, ce qui l'avait mené là, pourquoi une petite fille chantait dans sa tête et pourquoi elle chantait cet air-là, il boirait et boirait encore, jusqu'à se reconquérir. Voici l'homme, pensa-t-il, qui ne se soûle pas pour oublier mais pour se souvenir ! Il eut un rire amer qui ne résista pas à la douleur dans ses côtes et l'obligea à s'étirer vers l'avant. Son front toucha la pierre. Il recula.

Le Mur était devant lui, sa surface blanchâtre d'aplomb jusqu'au ciel. Il crut un moment qu'il rêvait. Il était couché dans le lit du berger, il était au fond de la ravine où l'avait précipité le petit homme, il s'était évanoui sur la berge du torrent, ou plus bas peut-être, dans la brume de la vallée, il n'était jamais parti, il sommeillait quelque part dans la grande ville où il pleuvait depuis des jours, mais le Mur continuait de resplendir dans la nuit. Il l'avait donc atteint, pour ainsi dire en son absence, et sans se soucier davantage des éclipses de ses sens, tendit vers lui une main hésitante.

De ses doigts gourds, il caressa la chaux vive qui sinuait entre les blocs. A l'abri des éléments, le crissement de ses ongles pénétrant le crépi avait la violence d'un cri. L'air n'était plus animé du moindre mouvement. Il n'y avait que silence et empilement impassible de parpaings avec pour fuite une mosaïque de nuages et de brèches sombres dont le cortège lui parut irréel ; le changement perdait ici son influence, se dit-il, comme si la construction tendait à l'abolir. Il approcha son visage de la paroi et s'étonna d'appréhender tant de détails dans le matériau fruste et monotone qui la composait. La multitude des nuances, d'abord, de jaunes,

d'oranges et de gris, dont faisaient parade
l'enduit et les moellons ; celles, brunes et
vertes, de la mousse s'étalant en maigres
plaques, et puis ce fourmillement de figures
qu'évoquaient les granules, semblances
d'insectes, de glyphes, de fleurs, de trognes,
à la façon d'un gigantesque tableau périodi-
que ou d'un alphabet formé de plus de
lettres qu'il n'existe de mots dans aucune
langue humaine.

Plus il se concentrait sur cette immense
variété de tons et de contours, plus il parvenait à y voir, et sa perception s'aiguisant, il
en vint par degré à soupçonner qu'une
réciprocité était à l'œuvre, qu'il n'était pas
seul dans son exploration, qu'il était pénétré
à son tour, que lui-même avait des tonalités,
des signes et des sons à offrir en échange,
ces derniers prédominant sur l'ensemble,
tout un répertoire de timbres, toute une collection de bruits, et que son alter ego minéral
s'en repaissait au moins autant qu'Ilya jouissait de ses propres trouvailles. Au passage, il
observa que sa raison n'osait plus s'entre-
mettre, qu'elle-même était médusée par le
spectacle, comme un petit animal sous l'œil
d'un serpent dressé au-dessus de lui et qui

ne bronche de peur d'avoir le cou tranché.
Mais bientôt, de même que son regard et le
monde avaient tombé les masques et confondaient leurs visages, le charme fut rompu,
ses facultés logiques se mirent elles aussi de
la partie, avouant une appartenance commune à son esprit et au rempart et sans plus
chercher à les départager. Et ce fut comme si
tout se mettait à dériver d'un bord, seulement il n'y avait plus de bord vers lequel
dériver; il y avait Ilya, cet homme qu'il
s'imaginait être, et la terre, et ses yeux, et
son ouïe, et la buée qui sortait de sa bouche,
puisque également son corps, et les pensées
émanées de ce corps participaient du dehors,
lui et la roche, lui et la mousse, personne et
paysage, s'accueillant mutuellement, si bien
qu'il n'existait que ce dehors et qu'à vrai dire
ils ne s'accueillaient même pas : cet ici, au
grand air, à l'exception de quoi que ce fût
d'autre, ensemble devenant quelqu'un –
qui ?

S'il n'y avait qu'un dehors, pensa Ilya, et
s'il n'était que là, comment le savait-il ? Il eût
fallu, pour le saisir, ne pas tout à fait en être.
Alors, comme plus tôt il s'était senti mû, il
comprit, quelque chose comme une onde le

transperçant sans laisser de trace, qu'il était pensé – pensé, souffert, expérimenté de part en part, qu'il était tombé, qu'il était relevé, comme un enfant, comme un fils, qu'il était donc infiniment aimé et que cette réalisation seule le rendait à lui-même.

Cela se dissipa, pourtant il n'eut pas l'impression qu'une porte s'était refermée, qu'une présence s'était retirée ; ce fut presque comme si rien n'avait eu lieu, à cette différence qu'il éprouvait un soulagement mêlé de chagrin et qu'à ces émotions il devait bien y avoir une cause. Et puis il s'aperçut que sans le vouloir il avait reposé son front contre la muraille. Le froid le serrait comme dans un étau. S'il ne ranimait pas au plus vite ses membres transis, il s'assoupirait. Alors, il s'appuya à l'ouvrage pour se mettre debout.

D'une démarche incertaine, les fourmis grouillant dans ses jambes, il commença à longer le Mur. Il ne réfléchissait à rien, il était triste et en paix, son épaule de loin en loin effleurait le Mur qui fuyait devant lui, son trait s'effilant jusqu'à se perdre. Après quelques minutes d'un parcours titubant, il vit dans le rempart un premier trou s'ouvrant à hauteur de taille et grand environ comme une lucarne. Une autre cavité apparut un peu plus loin, de dimensions semblables, puis une troisième, cette fois une véritable faille qui courait du sol au sommet, assez large pour qu'il pût s'y introduire.

Ilya se pencha vers l'orifice, et, ne réussissant pas à voir à quelle profondeur il plongeait, y entra. Il hasarda un pas, ses mains tâtonnant dans les ténèbres. La fente, semblait-il, s'évasait, mais il lui était impossible de dire si elle communiquait avec l'autre versant. Il s'avança encore, et dut se tordre d'un côté, une arête éraflant sa tempe. De quelle épaisseur était donc la construction, se demandat-il, qu'il ne l'eût déjà traversée ? Sa hanche à son tour rencontra une saillie, ses cheveux frottaient contre la pierre, et ne sachant s'il valait mieux poursuivre ou rebrousser chemin, il décida de faire une pause et s'adossa.

La crevasse à cet endroit était concave, sa surface polie sous l'effet du ruissellement, et il se retrouva assis comme dans une cuvette, le haut du corps légèrement comprimé et les pieds dans le sable. Le creux, songea-t-il, formait un siège des plus confortables. Tout près soufflait un mince filet de brise.

6

Et l'air était rempli d'un parfum de résine.
Il se réveilla, sa confusion d'autant plus vive
qu'il n'eut pas à dessiller les paupières, trou-
vant ses yeux déjà ouverts sur un ciel rempli
d'étoiles. Un oiseau passa au-dessus de lui, si
bas qu'il crut entendre battre ses ailes. Il se
demanda depuis combien de temps il regardait ainsi sans voir; caressant le sol, il sentit
qu'il était allongé sur un tapis d'aiguilles et
de pommes de pin. Il n'avait plus froid.
Derrière lui, à l'extrême limite de son champ
de vision, ondoyait un feuillage noir. Il se
leva et vit qu'il se tenait à l'orée d'une forêt
qui s'étendait en aval et, à droite comme à
gauche, bouchait l'horizon. Les conifères
étaient autant de colonnes doublées d'om-

bres longues et bleutées. Elles s'entrecroi-saient les unes aux autres comme une chaîne à une trame. Il se tourna vers l'amont et, plus désorienté que jamais, contempla le sommet, éloigné de plusieurs centaines de mètres, et le Mur, là toujours, qui le surélevait. Sur le point de se coucher, la lune le touchait, d'où cette lumière qui rasait le terrain piqué de petites touffes de chiendent et pénétrait la futaie.

A la position de l'astre, son soupçon se confirma : s'il ne se rappelait pas l'avoir descendu, il se tenait bel et bien sur l'autre versant. Il ne savait d'ailleurs pas plus comment il était ressorti de la brèche, et cela l'inquiéta fort, mais son désarroi fut à son comble lorsqu'il devina dans l'herbe l'arrondi d'un chapeau. Il le rejoignit, et l'ayant ramassé, repéra à proximité un sac de cuir qu'il reconnut sur-le-champ pour le sien. Il se remémorait distinctement l'instant où, dans sa hâte d'atteindre le Mur, il s'en était débarrassé ainsi que de son feutre, et retourna celui qu'il avait maintenant entre les mains, d'avance certain du nom qu'il verrait inscrit sur la doublure. Il l'exposa au rayon de lune, quand soudain, un projectile atterrit dedans. C'était un fragment de silex, et comme Ilya s'en saisissait, un rire éclata tout près, lui causant une frayeur telle que son cœur cessa de battre.

Krebs était devant lui, assis sur un rocher, dans le pli de sa paume quelques cailloux qu'il jeta sans cesser de le toiser. Pétrifié, Ilya le fixait de même, avec l'étrange notion que le petit homme, par son apparition si prompte, n'était pas venu s'ajouter au paysage, mais au contraire s'en exceptait, ouvrant en lui un hiatus qui menaçait de l'aspirer ainsi que dans un entonnoir. Et dans son esprit, les questions se bousculaient. depuis combien de temps avait-il veillé sur son sommeil ? était-ce lui qui avait apporté là ses affaires ? – sans doute, pensa-t-il, mais dans quel but ?

A son air effaré, Krebs rit encore, puis cracha. Il fouilla alors dans une des poches de son ample veste et en tira un objet mince qu'il déplia avec une lenteur délibérée. Une lame brilla, opaline dans la pénombre, attrapant les reflets tandis qu'il la tournait dans un sens et dans un autre, comme si déjà elle fourrageait une blessure. Il se redressa, tendu, les bras le long des flancs. Le couteau saillait d'une manche de son costume comme un dard et la lune l'auréolait, projetant sa silhouette aux pieds d'Ilya qui, à ce contact immatériel, lâcha son couvre-chef et s'échappa en direction du bois.

Il eut tôt fait de gagner la feuillée et se précipita entre les arbres, Krebs sur ses talons. Emporté par la déclivité, il se ruait de plus en plus vite, les pins jaillissant devant lui comme s'ils épiaient son approche, tapis sous l'humus, pour en surgir soudain. Il n'évitait chaque fois la collision que de justesse, repoussant un tronc ou agrippant une branche pour ralentir, et ne partait d'un côté que pour rencontrer de l'autre un nouvel obstacle. A mesure qu'il s'y enfonçait, la forêt s'obscurcissait, et traçant sa route folle dans son univers gris et fibreux, le regard comme voilé par une gaze, il n'avait le choix, s'il voulait se tirer d'affaire, que de se confier à cette part plus archaïque de lui-même, cette bête au sang-froid qui pour voir n'avait pas besoin d'yeux, et pour survivre n'avait rien besoin de savoir que l'immédiate issue, tel tunnel sous les fourrés, telle fissure, tel entrelacs de racines, et savait de toute force qu'ensemble elles tenaient leur note dans la partition des choses. Il s'abandonna à cette intelligence occulte, non qu'il ne cherchât constamment à reprendre la main, mais il comprit peu à peu que c'était inutile, et, malgré le danger qui partout guettait, déboulant la pente dans un nuage de terre, il sentit monter en lui une joie.

Derrière, Krebs anhélait; le sifflement de sa respiration lui arrivait par à-coups, de même le craquement des brindilles sous ses bottes. Il était troublé par l'extrême finesse de son ouïe, le bruit de sa propre course ne suffisant à couvrir celui que faisait son poursuivant ni les huées périodiques des chouettes et d'autres cris aigus qu'il ne remettait pas. A l'écoute, il lui sembla qu'il augmentait son écart, que Krebs peu à peu se laissait distancer. Et dans sa liesse s'immisça un regret, né, songea-t-il, de cette sombre complicité entre chasseur et proie; au plus profond, ce mouvement viscéral qui le portait à s'échapper ne différait peut-être pas de l'espoir d'en finir, et le reptile en lui, l'écureuil, le jeune cerf, se sachant pâture, avait aussi le goût du sacrifice.

Quand il eut cessé tout à fait de l'entendre, Ilya freina des talons et vérifia si

Krebs le suivait toujours. Il jeta un regard dans son dos : la frondaison était toute percée de rayons qui baignaient les rochers entre les amas de fougères, mais du montagnard nul signe. Il s'arrêta, les poumons en feu, et scruta la pinède. Ne décelant toujours aucune présence parmi les verticales des troncs, il se reposa contre l'un d'eux, l'épaule appuyée contre l'écorce grise. Tout alors se passa si vite qu'il n'en prit la mesure qu'une fois reparti à toutes jambes sur le dévers, en une série d'instantanés confus. Le poignard se ficha dans le bois à un centimètre de sa tête et avant qu'il eût saisi le danger, Krebs survint sur sa gauche, fonçant vers lui les bras en avant. Ilya pensa trop tard à se saisir du couteau ; quand il referma son poing sur la garde, l'autre était déjà sur lui.

L'assaut fut si furieux qu'il perdit l'arme et chuta, s'accrochant comme il pouvait à son ennemi. Ensemble, ils roulèrent dans la poussière, Krebs essayant de le prendre à la gorge, lui se débattant, l'avant-bras pressé sous le menton de l'agresseur dont il sentit aussitôt la supériorité physique. Krebs n'était que muscles et nerfs et il sut qu'il ne s'en sortirait qu'en l'empêchant d'assurer sa prise, parce qu'alors il serait inexorablement broyé. Il se contorsionna en tous sens, et pour un temps, réussit à se dégager de chacun des étaux dans lesquels son adversaire s'évertuait à le serrer. Ils luttèrent de la sorte, Ilya rampant sur le dos et se tortillant comme un poisson dans un panier à pêche, Krebs sur lui, tour à tour à califourchon ou étendu de tout son long, jusqu'à buter contre une roche. Le petit homme y vit l'occasion de le tirer par les cheveux pour cogner son crâne contre la pierre. Ilya se démena de plus belle, écorchant sa nuque sur la matière rugueuse, et quand Krebs, qui grognait sous l'effort, vint à bout de sa résistance et souleva sa tête du roc, le désespoir le galvanisa. Avec une énergie qu'il ne se connaissait pas, il parvint, d'un mouvement violent, à basculer sur le côté, entraînant avec lui l'assassin qui relâcha en partie son emprise. Il en profita pour lui porter un coup de genou à l'estomac et, à court d'arguments, Krebs l'étreignant toujours, lui balança une poignée de terre dans les yeux qui le fit hurler. Enfin il fut libre, mais, au lieu de déguerpir, il s'empara d'une branche qui traînait à ses pieds, la brandit au-dessus du combattant aveugle et l'abattit de toutes ses forces sur sa tempe. Krebs s'affaissa.

Il courait encore; c'était comme s'il avait couru sa vie entière et que sa vie n'avait duré qu'une nuit. Il ne s'était rien passé avant cela, l'ascension même, son entrée dans le village, le torrent, la trahison de Krebs et sa chute vertigineuse, le berger et ses pantins, jusqu'au Mur où quelque chose s'était révélé qui peut-être était quelqu'un, lui apparaissaient à travers une brume et sans grande vraisemblance, ainsi que des ragots qu'un autre nous rapporte et auxquels, par politesse, on fait semblant de souscrire. Son existence débutait ici, dans ce vallon qui allait s'encaissant et où il inventait un chemin que la lune bientôt cessa d'éclairer sans qu'il diminuât son allure, et puis, subitement, baigna de nouveau, quand Ilya quitta l'opacité des bois et entra dans une clairière.

Il filait désormais un trot languissant, sur une pente devenue si douce que par un effet de contraste il eut la sensation déroutante de s'élever. Ses jambes étaient légères comme des plumes, il n'était même plus sûr de toucher le sol de la prairie, où s'ouvraient, en de petits îlots, les éventails bleuâtres des chardons. Et sur le manteau des arbres, la lune, loin de s'éclipser comme il l'avait anticipé, continuait là-haut de glisser le long de la muraille. Il ralentit un peu plus, à présent il marchait, cette dernière cadence le frappant comme la moins naturelle de toutes. Pour ne rien arranger, la pâture était humide, elle aspirait ses chaussures qu'il libérait à grands flocs, et considérant ses empreintes dans la boue, il se dit qu'il ne serait pas difficile de le pister. L'observation l'indifféra ; qu'il n'en eût plus la force, ou qu'ayant donné une leçon à Krebs il se fût délivré de sa peur, il ne s'inquiétait plus de lui ni de sa propre destination. Retourner en arrière était impensable ; la perspective le remplissait de fatigue autant que de dégoût. Il n'avait d'autre choix que de suivre la vallée dans ses méandres et de s'en remettre à elle pour le mener quelque part.

N'ayant aucune idée de la géographie des lieux – étaient-ils même habités ? – il essaya de se rappeler les conversations qu'il avait eues à propos du Mur et de ses environs ; plusieurs voix se disputaient son attention, dans ce qui était moins sa mémoire qu'une

antichambre blanche ; des limbes, pensa-t-il,
et d'ailleurs, tout son passé n'avait-il pas
reflué là, dans cette marge, où il pouvait se
rêver à l'abri des aléas du monde ? Et pourquoi s'y mêlait-il une certaine qualité de
lumière et de lenteur, du givre aux fenêtres
dormantes, une façon de chuchoter entre
soi, comme s'il ne s'agissait pas d'une simple
image, qu'il avait vraiment hanté ces couloirs
sans porte de sortie ? Il n'avait pas de réponse, et les voix s'évanouissaient déjà. C'est
alors qu'il vit les feux.

A l'autre bout de la sommière, plusieurs
brasiers illuminaient la futaie. Il crut à un
incendie. A l'idée de devoir détaler dans
l'autre sens, les flammes à ses trousses, il eut
un brusque accès d'hilarité et émit un râle à
la sonorité si bizarre qu'il ne le reconnut pas
pour sien et qui, l'effrayant, signa sa propre
fin. Les foyers, pourtant, paraissaient trop
régulièrement espacés pour être l'œuvre du
hasard. De fait, quand il s'approcha, attiré
malgré lui par la lumière et sa promesse de
chaleur, il discerna des silhouettes humaines
qui passaient et repassaient devant les em-
brasements. Il lui fallut moins d'une minute
pour retourner sous le couvert des pins et,

s'arrêtant derrière un buisson, jouir d'une perspective d'ensemble sur ce qui, comprit-il, était une espèce de cérémonial.

Dans une zone dégagée, un petit groupe d'officiants se livrait à un rituel dont Ilya fut parfaitement incapable de saisir la nature. Encerclés d'une demi-douzaine de bûchers flambants, ils tournaient autour d'un jeune arbre au tronc aspergé d'une boue crayeuse et auquel était pendu un grand mannequin barbu et borgne fait de papier mâché. A proximité du tronc, il y avait un billot, couvert d'entailles et coupé de guingois. Les hommes étaient vêtus à l'identique de robes pourpres cousues dans le dos de ce même astre noir dont le berger avait paré ses soldats de chiffon. Ils étaient également coiffés de toques de velours cramoisi surmontées d'une flèche en tissu, à l'exception d'un homme qui, à la place du chapeau, arborait un masque de bête. Celui d'un loup blanc. Sa mâchoire démesurément ouverte était traversée de bas en haut par un clou. Une véritable tête empaillée, pensa Ilya, qu'on avait déformée afin de lui donner cet air fantastique et pour tout dire grotesque, la pointe de métal longeant le nez de son propriétaire de sorte qu'il devait avoir un mal fou à ne pas loucher. Et tandis que ses acolytes portaient des glaives dans leurs fourreaux frettés, il tenait une lance. Celle-ci s'ornait de rinceaux et sur son fer allongé comme une larme des symboles étaient gravés, le plus ostensible un losange barré d'une croix qui, pas plus que les autres emblèmes, ne permit à Ilya de comprendre de quel culte pouvaient bien se réclamer les célébrants.

Comme il écartait devant lui le feuillage pour gagner quelques centimètres, l'homme loup sortit de la ronde, planta la lance et attendit. Se détachant à son tour du reste de la troupe – ils étaient dix au total, compta Ilya – un des participants se présenta à lui et après qu'il eut mis pied à terre, se vit remettre le javelot. Ce geste accompli, les autres se dispersèrent, allant se poster alentour, entre les bouquets de flammes, et regardèrent leur camarade marcher vers le pendu et transpercer ses côtes de l'épieu avant de l'agiter triomphalement à bout de bras. Tous, à ce signe, crièrent d'une seule voix :

Wan, Wil! Wan, Wil! Fæðisk úlfr í skógi!

Un deuxième candidat s'avança, se prosterna devant le premier, et reçut l'arme de ses mains. Quand il eût lui aussi troué l'épouvantail, ses compagnons repartirent à l'unisson :

Wan, Wil! Wan, Wil! Blindan þarf at leiða!

L'un après l'autre, les moines soldats eurent chacun l'occasion de pulvériser un peu plus le personnage sous l'autorité impassible du haut prêtre. Lorsque enfin ce dernier récupéra la lance, il s'en servit pour décrocher le mannequin. Le balançant au bout de la hampe, il le fit parader entre les fagots, entouré des neuf autres qui chantaient .

Wan, Wil! Wan, Wil! Mikil es greip á hauki!
Wan, Wil! Wan, Wil! Lútik helgum dómi!

Au terme de quelques girations, ses fidèles s'échauffant peu à peu jusqu'à brailler à pleins poumons, le meneur à la tête de loup suspendit de nouveau le mannequin éventré à sa branche. Il dodelina, un bras à demi déchiqueté et se vidant de sa bourre, son œil unique fixé sur ce rassemblement d'hommes qui virait à la meute. Et soudain, il prit feu. Sans qu'Ilya s'en aperçût, le chef avait plongé un brandon dans le trou de son ventre ; il flambait à toute vitesse, dévoré de l'intérieur, et se recroquevillant, projetait alentour des milliers de cendres qui faisaient comme une neige. La corde brûlait elle aussi, et de la branche se dégageait une fumée dense. Tous avaient brandi leurs glaives, les lames étincelaient, rouge et ambre, et Ilya supposait le rituel proche de sa fin, quand un des sectateurs rengaina son épée et s'éloigna. Il disparut un moment, et revint en tirant derrière lui un jeune chamois attaché à une longe. A sa vue, les autres se désintéressèrent du simulacre dont ne subsistait plus qu'un haillon noirâtre et se réunirent autour du billot. Affolé par l'attroupement, les flammes, cette lanière qui l'étranglait, l'animal tremblait de tous ses membres et poussait des bêlements rauques, ses sabots creusant des sillons dans le sol cependant qu'il tentait sans succès de résister à la traction. Entre ses oreilles, ses cornes d'ébène étaient à peine visibles, et son maigre poitrail palpitait. Plus il était proche du tronçon de bois et plus les hommes gueulaient, refermant leur cercle :

Lútik helgum dómi! Lútik helgum dómi!
Lútik helgum dómi! Lútik helgum dómi!

Se voyant cerné, l'éterlou commença à se cabrer et à bondir, mais retenu par le lien, il était chaque fois cassé dans son élan et retombait. Ils se mirent à plusieurs pour le maîtriser et le jeter sur l'autel, pressèrent là son flanc agité de spasmes et le maintinrent contre la bille. Au contact de ces mains rudes son cri devint un doux chuintement, comme s'il appelait à l'aide, se dit Ilya, qui ne distinguait le jeune bouc que par intermittence derrière le mur des corps. Et, l'ardeur des vocalistes atteignant son paroxysme, leur litanie n'avait plus rien d'articulé, c'était une vocifération où les mots se fondaient en un grand cri de faim, ou bien c'était un rut, sans détente possible, songea-t-il encore, que dans le substitut d'un égorgement.

Le maître de cérémonie, justement, se penchait sur la bête. Il avait troqué son javelot pour une longue dague dont il menaça son encolure. Les soldats à ses côtés ayant reculé d'un pas pour lui laisser le champ libre, Ilya se trouva directement en face de la tête renversée du chevreau et, quoi qu'ils fussent distants d'une dizaine de mètres peut-être, il s'abîma dans son regard. Les pupilles de l'animal étaient immenses et sa terreur sans borne. Tout allait mourir, voilà ce que hurlaient ces yeux plus haut que les voix, tout allait mourir et lui, Ilya, était vu pour la dernière fois. La pensée, aussi déraisonnable fût-elle, ne se laissa par réfuter. Il en fut épouvanté, avant de réaliser, avec une égale brutalité, que son émotion et celle du chamois n'étaient nullement dissociables, et que l'animal, ses yeux dans les siens, lui donnait sa mort en partage.

Cela lui fut insupportable et il repartit. Hanté par le regard de la bête, et sans plus chercher à s'orienter, Ilya se contentait d'emprunter le chemin le plus facile, le plus souvent descendant, et de contourner les plus petits obstacles au lieu de les franchir. Il déambula ainsi un certain temps dans un complet désordre de ses pensées, la forêt une entité abstraite et floue fuyant de part et d'autre, et pénétra une combe. Celle-ci le conduisit plus profondément à l'intérieur de la vallée. Son aspect encaissé le privait du choix de son itinéraire, ce qui convenait à son état d'esprit et l'aida à s'apaiser. Il franchit une cluse à sec qui fendait en biais le ravin et se perdait dans les halliers, et poursuivit sa route.

Le val peu à peu s'élargissait. Ses coteaux s'émoussant, il finit par s'araser complètement, découvrant une région plane et marécageuse où soufflait une brise. Les roseaux s'y épanouissaient, parsemés des houpes blanches de linaigrettes, et parmi les herbes se dressaient des rochers aux allures de pierres levées. L'odeur de la matière en décomposition, lourde et acide, lui souleva le cœur. Plus loin flottait une brume basse que déportait latéralement le courant d'air en une procession interminable de volutes.

Il entreprit de longer le cloaque sur sa droite, où le terrain, caillouteux et jonché de bois mort, paraissait sûr, ce qui ne l'empêcha pas régulièrement de s'enliser, ses chaussures noyées dans plusieurs centimètres de boue. Elles en furent bientôt remplies et il progressa avec plus de difficulté encore. Embarrassé au point de devoir s'arrêter sans cesse pour extraire ses pieds de la fange, il imagina raccourcir sa route en coupant par les joncs. Dans un premier temps, la manœuvre s'avéra heureuse, puis le cauchemar recommença. Malgré le secours des brins qu'il saisissait à pleines mains pour se tirer en avant comme si c'étaient des rames, il s'embourba davantage. Il n'avait qu'une hâte, rejoindre ce qu'il croyait être la rive, là-bas, ourlée par une broussaille épaisse d'où s'échappaient les arbres. Seulement, il craignait de perdre ses souliers dans le limon, et comment savoir s'il ne dissimulait pas des sables mouvants? Dans son indécision, il opta pour une voie médiane, entre la forêt d'épis et la frange semée de graviers, dont le sol nu et craquelé avait l'air relativement compact et qui passait entre deux rocs; le compromis n'arrangea rien : il continua de s'enfoncer. Il pataugeait, immergé à hauteur de mollets, l'eau sourdant autour de ses jambes et formant des flaques, et il venait d'arriver au niveau des rochers quand, derrière lui, une voix au timbre voilé rompit le silence qui régnait sur le marais :

« Je vous vois ! »

Ilya s'immobilisa, aux aguets, et comme auparavant dans les bois, sonda les ténèbres. Si l'identité de l'homme ne faisait guère de doute, il ne parvint pas à le repérer. Il se demanda même s'il avait rêvé, lorsqu'à nouveau il s'exclama :

« Allons, où croyez-vous aller comme ça ? Ce n'est pas la peine. Il n'y a personne ici. Il n'y a que vous et moi. »

La silhouette de Krebs se découpa dans les roseaux. Sa tignasse et son front étaient maculés de sang, il ne restait plus qu'un bouton à sa veste poudreuse et dans l'eau qui le baignait à mi-cuisses il laissait tremper la pointe de son couteau.

Ilya se remit en marche, extirpant une jambe après l'autre aussi vite qu'il en était capable tout en priant pour ne pas tomber, ce qui, il le savait, signerait sa fin. Il dépassa les blocs de roches, Krebs dans son sillage, et pressa un peu plus le pas, éclaboussant ses habits et son visage tendu par l'effort. Il traversa la zone stagnante sans encombre, sinon que pour la seconde fois de la nuit, l'espace de quelques foulées, il vit s'agiter devant lui de grandes taches lumineuses et redouta de s'évanouir. Et puis soudain, il sentit le sol lui résister. Il en fut assez rasséréné pour affronter la langue de sable et de gravier qui s'étirait devant lui le long du bourbier et où, en une succession d'amoncellements, se pressaient ensemble de hautes pierres aux apparences de gerbes. Il s'élança, sautant par-dessus des branchages et de nombreux monticules d'alluvions et d'algues, le brouillard sur la gâtine ne permettant pas d'embrasser le paysage au-delà de l'étendue rocailleuse, avant de comprendre que ce qu'il avait pris pour le rivage était un long îlot parallèle à la berge, séparé d'elle par une nouvelle zone de marécage.

« Monsieur Moss ! » cria Krebs, toujours aux prises avec la tourbe, le son de sa voix comme un linge claquant au loin dans le vent.

« ... Moss !... Moss !... Monsieur Moss !... »

Les consonnes sifflantes se prolongeaient sans fin, à la manière dont on invite quelqu'un au silence, un doigt sur les lèvres, surtout pas un bruit, pas un geste, et même s'il n'avait aucune intention de répondre, Ilya trouva étrange qu'à la fois on l'appelât et lui enjoignît de se taire.

« Monsieur Moss !... »

Le bout de l'île était en vue, et la brume s'y dissipant, c'était comme si le monde, jusqu'alors recoquillé, se dépliait subitement. D'un coup d'œil, il embrassa la surface

immense du lac, les lignes de crête successi-
ves des montagnes qui l'encerclaient sous les
étoiles, et, l'horizon se dégageant pour la
première fois depuis qu'il avait entrepris son
pèlerinage, il se sentit animé d'une nouvelle
ardeur. Redoublant d'effort, il bifurqua vers
l'étroit chenal qu'il lui fallait franchir encore
pour atteindre la rive. Loin en arrière, Krebs
avait beau se précipiter, il était impuissant à
réduire l'écart, ce que comprit Ilya à ses
sommations de moins en moins intelligibles :
« ... rrêtez !... Mo !... Monsieur !... Oss !...»
La panique s'emparant du petit homme,
Ilya se crut sauvé. Juste alors, bondissant sur
les galets qui s'entassaient au bord de l'île, il
trébucha et s'étala de tout son long. Étourdi
par la chute, il resta un moment sans savoir
où il était. Quand il chercha à se relever, son
corps refusa d'obéir. Il se sentit comme une
marionnette dont on avait coupé les fils,
l'attelle dansottant là-haut, à vide et hors de
portée. Il ne réussit même pas à ramener ses
mains sur ses côtés pour y prendre appui.
Krebs, pour sa part, avait cessé de hurler.
Ilya n'entendait que ses pas, de plus en plus
fort, sur la grève. Le bruit sonnait à ses
oreilles tel un crépitement.

La tristesse le submergea. Aucune angoisse ne s'y mêlait, et cela l'étonna, mais cet étonnement, au regard de son émotion, venait d'un autre monde, et le regardait de loin, lui et son chagrin. Dans les quelques secondes qui le séparèrent de l'arrivée de Krebs et de son abolition probable, il éprouva cette étrangeté d'une vie condamnée à se voir vivre et pour laquelle cesser d'être était encore quelque chose. Et ce mal qui le poignait, il sut qu'il l'avait toujours connu, qu'il avait coulé son nœud autour de sa gorge dès son premier cri, qu'il était comme un deuil, oui, le sentiment anticipé de sa propre perte, depuis qu'il était né, et chaque fois que par le passé cette douleur sans raison apparente avait affleuré, c'était sa mort déjà qu'il regrettait. Il y voyait clair désormais : les hommes s'habillent de noir et toute leur vie se pleurent – ils pleurent, pourtant ils sont venus au monde, et se meuvent, et s'aiment, et pensent, et se déchirent sur fond d'absence, si bien que la cause de leur affliction semble résider moins dans leur avenir que dans un impossible passé, pour peu qu'il y eût une différence, se disait Ilya, à moins en effet que ces deux éternités ne se réunissent ; mieux, qu'elles ne célèbrent jamais qu'une joyeuse vie commune au-delà des heures. Mourir ? Tout de même, c'était drôle, et de l'abîme de sa mémoire remonta le chant de la jeune fille...

> *Un adieu à ma mère*
> *Un baiser à ma place*
> *« Fais ta valise ! »*
> *A l'aube on me l'a prise*

... avant que Krebs, dans un cri de victoire, ne se jetât sur lui. Il roua de coups de pied sa victime qui, ventre à terre, roula sur le côté puis sur le dos, protégeant son visage et son entrejambe. Ilya vit le couteau levé contre le ciel, le bouton terne sur la veste, la tête de Krebs comme un trou ; mais, alors même que s'abattait la lame, une ombre plus grande engouffra la première ; l'arme tomba, le bras du tueur partit en arrière et selon un angle anormal. Krebs gémit ; d'une bourrade il fut flanqué à terre. Le nouveau venu, sans lui laisser le temps de se reprendre, ramassa le poignard et le lui planta dans la jugulaire. Krebs tressaillit, son gosier produisant un affreux gargouillis qui s'éteignit presque aussitôt, et ce fut tout.

Il reposait sur les pierres, barbouillé de sang et de boue, le poignard saillant sous son menton. L'inconnu se redressa et, marmonnant un juron, attrapa le cadavre par les pieds et le tira en direction de l'amas de roches le plus proche. Ilya, stupéfié, le regarda disparaître. Il tenta de se remettre debout mais tremblait si fort qu'il fut tout juste capable de s'asseoir, quand l'autre revint vers lui à petites foulées hâtives, le corps plié en avant comme s'il redoutait d'être vu. Un soldat, constata Ilya à ses hautes bottes et son costume galonné. Le soulevant par les aisselles, il l'entraîna derrière les rochers où Krebs était affalé dans une posture impossible, le nez dans le sable et les jambes entortillées. Relâchant Ilya, il le dévisagea avec une intense fixité, comme si sa faculté de reconnaissance était excédée par le curieux spécimen humain qu'il avait sous les yeux, crasseux et dépenaillé, vêtu pourtant, malgré les accrocs et la poussière, avec une certaine élégance, et d'une pâleur telle qu'on l'eût dit errant sans nourriture depuis des jours. Lui-même, à l'exception de ses bottes crottées et de son front en sueur était d'une mise soignée. Rasé de près, les cheveux taillés court, il n'avait pas vingt ans, estima Ilya, et devait sans doute à quelque occasion spéciale le port de son costume d'apparat, assorti d'une paire de gants blancs qu'il avait fourrés dans son ceinturon ; quant à l'écusson cousu sur son épaule, il représentait un soleil noir dentelé de rouge.

L'officier fit signe à Ilya de ne pas bouger et regarda par-dessus l'enceinte naturelle que formait la roche autour d'eux, du côté du lac d'abord, puis des marais. Il vérifia l'heure à sa montre, puis jurant une nouvelle fois, alluma une cigarette et se mit à faire les cent pas. Il s'arrêta tout à coup, sur le qui-vive, et soupira, sans qu'Ilya sût dire si c'était de soulagement ou de dépit, lorsque retentit quelque part dans les roseaux le chant d'une grenouille. La bête ponctuait le silence de ses trilles et le soldat, qui ne tenait pas en place, inspecta encore les alentours. Sentant ses jambes s'ankyloser, Ilya se releva péniblement, et s'accouda à la pierre. Il contempla les ondes, amples et argentées, qui venaient mourir sur les galets en un friselis laiteux. Mais la fatigue troublait son regard et il ne vit bientôt plus qu'un milieu sombre zébré de lignes claires qui tendaient à

109

fusionner. Le phénomène s'intensifiant, il fut pris de vertige et crut une fois de plus tourner de l'œil, quand le militaire ouvrit son briquet et alluma une autre cigarette. Le claquement du couvercle le ramena à lui-même ; l'instant d'après, un tison luisait devant ses yeux et Ilya, sentant le parfum du tabac, comprit que l'autre lui passait le clope. Il tira une bouffée, tandis que le soldat murmurait entre les dents : « Les chiens... »

Il recommença d'aller et de venir, sans cesser de fulminer à voix basse, tordant entre ses doigts un de ses gants dont il finit par se fouetter la paume. « Qu'ils brûlent en enfer, et avec eux l'ère nouvelle... Jurez-le par le souverain céleste... Fermez le cercle sacré !... Chiens !... Et quand il n'y en aura plus qu'un, qu'on le garde vivant... Que tous puissent venir voir... Qu'on perce le secret de la vie juste pour ce chien, et qu'il soit le seul à ne jamais crever... Cour martiale !... Me juger, moi ?... Les porcs... »

Se tournant vers Ilya, il lui reprit la cigarette qu'il finit en une longue inhalation et écrasa. Il eut brusquement l'air épuisé et s'assit contre la roche.

« Je croyais... Je croyais... » chuchota-t-il.

La détresse, modifiant ses traits, lui restituait son visage d'enfant, pensa Ilya, tout à l'euphorie du tabac qui engourdissait ses membres. Le soldat le scruta de son regard figé : « Bien sûr, c'est la guerre, il faut surveiller les lignes, contrôler le courrier...

— La guerre ? dit Ilya.

— ... Mais en ce qui nous concerne, c'est autre chose, continua-t-il sans relever. Ils ne veulent pas qu'une ombre se faufile entre le tueur et sa victime, même si le châtiment est mérité, que l'ennemi ne mérite rien de mieux qu'une balle dans la nuque ou un crochet où le pendre. Une balle dans la nuque, répéta-t-il. Pas une ombre, comprends-tu ? Le plus infime frisson, le moindre doute. Mon frère Hans... »

Il s'interrompit, sur le qui-vive. Cette fois, Ilya eut également la certitude d'avoir perçu un bruit. La grenouille s'était tue. Mais comme une minute passa dans le calme le plus complet, l'officier, approchant sa bouche de l'oreille de son compagnon, poursuivit : « ... Hans n'a jamais été dupe. Et moi... On s'est éloignés. Je suis entré dans la Section, il est resté au village, et petit à petit ça n'a plus été comme avant. Ces derniers

111

mois il ne quittait plus la maison. Dans sa tanière avec ses livres et ça lui a attiré des ennuis. Il ne m'en a rien dit tu comprends. On est venu lui rendre visite, il a dit qu'on le laisse crever tranquille parce que les faibles et les ratés doivent périr, alors on a cassé sa porte et on a l'a rossé. Après ça... Et moi, j'ai toujours cru qu'il était le plus fragile de nous deux, même si c'est lui l'aîné, qu'il fallait que je veille sur lui. Mais qui veillait sur qui ? Je m'étais convaincu. Dorénavant... Et si au château Tilda n'était pas tombée sur ce courrier...

— Tilda ?

— Elle a l'Oberfeldwebel dans sa poche et c'est comme ça qu'elle a pu récupérer la lettre de Hans. D'ailleurs, qui n'a-t-elle pas dans la poche ? demanda-t-il, et il secoua la tête d'un air écœuré. J'ai expliqué qu'il fallait m'accorder une permission à l'instant, et puis... Ils n'ont rien voulu entendre. J'ai même fini au trou. Je ne pensais pas un jour me tenir de l'autre côté moi aussi, derrière les barreaux, avec les autres, la vermine. Tiens, tu peux lire si tu veux », dit-il, sortant de sa poche une enveloppe qu'il lui tendit.

Ilya déplia les feuillets qu'elle contenait.

La lettre, tracée d'une écriture fine et nerveuse et par endroits raturée, n'était précédée d'aucune indication de date ou de lieu mais avait reçu un coup de tampon en guise d'en-tête, le même cachet oblitérant chacune des pages suivantes, ce qui en rendait par endroits la lecture difficile. Quant au nom du destinataire, écrit en lettres légèrement plus grandes, il n'apparaissait, remarqua-t-il, que quelques lignes plus bas :

Nuit sans sommeil, tristesse, terreur, pressentiment.

Non éclosion continuelle. Une vie sur le bord d'être, une aurore contenue, ou quelque chose de funeste qui m'est tu.

Je me suis pris doucement par la main, je me suis dit « Viens », et je me suis descendu dans le désespoir, lequel est un mal trop grand pour soi seul.

Avant – mais avant tu étais là, cher Stefan, et ton amour me rattrapait au vol.

C'est comme être passé de l'autre côté de la pensée, du regard, du temps, sans être mort.

M'éloignant d'ici sans me rapprocher d'ailleurs, m'éloignant à la fois de tous les points de la terre et de tous les visages, tous ceux

qui m'étaient chers, qui le demeurent — même
s'ils sont précieux désormais en tant que tels —
au loin.

Je suis de l'autre côté de la rue, de l'autre côté
de l'autre côté, qui n'est pas la même chose, qui
n'est plus le trottoir d'en face, un côté qu'on
n'imagine pas, qu'on ne peut concevoir, avant
de le rejoindre.

J'aimerais pourtant bien qu'il arrive quelque
chose. Mais je sens ce déportement irrésistible :
la rue est un courant, elle n'est même plus la
terre, elle entraîne, fraîche, douce, inexorable, j'y
suis nu.

Alors près de mon lit j'ai rallumé la lumière.
Le silence est ici si plein, si mûr. Je sens qu'à
tout instant il va m'accoucher d'un cri — mais
rien.

Et puis il faut que cela cesse, que cesse cette
claire et rigoureuse intelligence de la nuit.

Si on me coupe la main, tel je demeure, man-
chot. Le sentiment de la vie, de la vie unie à soi,
de la vie s'épousant elle-même, repousse-t-il ?

Je souhaiterais que demain me recommence.
Et j'aimerais dormir.

Je ne sais pourquoi je veille, qui cette nuit je
suis censé voir passer là-bas dans mon cœur, ou
quelle espérance.

A présent il pleut.

Nos voisins sont « partis », on les a mis dans un fourgon avec d'autres. Je ne crois pas que tu les aies connus. Plus bas dans la rue, toutes les vitrines sont brisées, et sur le mur de la dernière maison avant la plage on a cassé la tête d'un homme. Il respirait encore.

Quand je t'ai vu prendre part à cette mascarade, tout un pays uni dans le chant joyeux de ses funérailles, d'abord j'ai ri, puis je t'ai haï, j'ai prié que ce soleil te brûle l'épaule, qu'il te brûle toi et tous les autres avec. Maintenant je te plains, je ne te plains même plus, j'aimerais juste que tu sois là, et qu'on se rappelle ce qui a été.

C'est le milieu de la nuit, la nuit a été coupée en deux, et encore, et encore.

Et contre le carreau les gouttes s'abattent. Elles disent que le monde est. Toutes disent cela. Tout ce qui est le dit.

Et moi, le dis-je aussi ?

Je m'éprouve sans retour. Un simple aller. C'est bien cela la vie ? Non, la vie retourne à la mort, d'où elle est venue. Et moi je suis.

Viendra-t-on me chercher ? Viendra-t-on me prendre par la main, quelqu'un ?

La pluie ruisselle sur les toits, sur les jardins

et sur la mer. Irai-je nager demain? Connaî-
trai-je jamais encore un même jour? Hors de
cette vie sans refuge, où se révèle que l'éternité
est un désarroi, y aura-t-il encore un amour,
une fois, et des paroles riches de sens, et tout le
temps de rire?

O nuit si claire que je m'y suis vu. Sombre en
toi-même. J'ai comme tout vivant une aube à
rejoindre. Raye-moi de la liste des ombres.
Laisse-moi, laisse-moi être encore, même si dans
le jour je ne sais plus me reconnaître.

Elle ne veut pas me laisser aller.

Elle ne le peut plus, comprends-tu? C'est
ainsi, et il ne faut rien regretter.

Mon adieu à toi, cher frère, et sois sur la terre
aussi heureux qu'il est possible de l'être.

Hans.

Ilya crut que la lettre s'achevait là, mais en
la remettant dans l'enveloppe, il découvrit
deux lignes au verso de la dernière feuille :

Trop grande pour un seul est la détresse.

Tout le temps de sa lecture, il avait senti
sur lui le regard du soldat et quand il lui

rendit la missive, il lui trouva un air plus démuni encore et le vit dans l'attente d'une réaction; un mot de consolation peut-être, ou la simple confirmation que ces phrases sur le papier existaient bel et bien, puisqu'un autre les avaient lues et pouvait en porter témoignage. Seulement, sa tête restait désespérément vide. Les aveux de Hans, ces références obscures à des gens enlevés et des magasins mis à sac, ajoutés aux propos qu'avait tenus son frère Stefan, tout cela le jetait dans une confusion d'autant plus grande qu'il en ignorait le motif. Il voulut, à défaut d'une parole, poser une main sur l'épaule de l'officier qui choisit cet instant pour se lever et surveiller les abords du lac.

« L'imbécile, lâcha-t-il, rangeant la lettre d'un geste impatient. Il paraît qu'on l'a transporté à l'hôpital. Vivant, mort, qui sait ? »

Il alla voir de l'autre côté, enjambant le cadavre, puis fit face à Ilya et sans plus songer à chuchoter : « Tilda... Si tu la vois... Mais pourquoi la verrais-tu ? dit-il. Et d'abord qu'est-ce que tu fous là ? Comment es-tu passé ? Si on t'attrape, tu es bon pour la fosse. »

Avisant sa tabatière, qu'il avait laissée près d'Ilya, il revint vers lui, quand le pinceau d'une lampe-torche balaya le haut du rocher. Tombant à genoux, le soldat saisit son compagnon et le força à se tapir contre le sol humide. Pendant une minute, ils demeurèrent immobiles. Ilya imagina le danger écarté, mais soudain, plusieurs rais de lumière percèrent la nuit et il entendit avec une parfaite netteté des aboiements mêlés à des voix. L'officier l'agrippa par le col et le tint dans son regard plein d'effroi. Ilya respirait l'odeur âcre de sa sueur et le parfum du tabac. Les jappements, la conversation des hommes lui parurent de plus en plus proches, et les rayons continuant de s'entrecroiser au-dessus d'eux, il fut certain que les traces de leurs pas dans la boue allaient d'une seconde à l'autre les trahir ; «... tu aurais vu sa tête ! » fit en riant un des membres de l'escouade, « Que ça lui serve de leçon », fut la réponse, et il eut l'impression, l'échange redevenant inaudible, que la patrouille avait dépassé le niveau de l'îlot. De fait, sa rumeur se fit de plus en plus lointaine tandis que les traits lumineux s'effaçaient du ciel un à un.

Le soldat sauta sur ses pieds et, imité par Ilya avec un temps de retard, observa le ballet chaotique des faisceaux sur le maré-cage et parmi les arbres. Les militaires pro-gressaient au bord de la tourbière dans la direction de la vallée qu'avait descendue Ilya. Plus angoissé que jamais, l'officier consulta une nouvelle fois sa montre et poussa un grondement furieux. Le voyant plaquer ses mains sur la roche, Ilya crut qu'il allait y cogner son crâne, au lieu de quoi, relevant la tête, il s'exclama : « Bon Dieu ! »

Le bousculant au passage, il se précipita hors de la cachette et courut vers le lac. Il agitait dans l'air ses gants et semblait aux yeux d'Ilya donner la chasse à une grande luciole. Droit devant, une barque était à l'approche. Elle glissait vers l'île, ses rames battant l'onde, et vint s'échouer sur le sable. Le soldat aida le pilote à en sortir et s'entretint un moment avec lui sur un ton vif avant de balancer ses gants dans un mouve-ment de colère et de repartir vers Ilya. « Déshabille-toi », dit-il, et sans attendre qu'il obtempérât, se mit lui-même à se dévêtir.

Il ôta sa veste, et relevant la manche de sa chemise, exhiba un avant-bras aux multiples coupures. Parmi les stries parallèles, les plus proches de la saignée du coude avaient cicatrisé. Sur les suivantes se voyaient des croûtes à différents stades de dessiccation. Quant aux deux dernières, au-dessus du poignet et plus larges que les autres, elles étaient si récentes que le sang coagulait à peine sur les points de suture. S'il remarqua la surprise d'Ilya à la vue des plaies, il n'en laissa rien paraître, mais après avoir retiré ses bottes, les lui colla contre le torse avec tant de rudesse qu'il manqua perdre l'équilibre. « Grouille-toi ! dit-il. Tes chaussures ! »

Ilya, cette fois, obéit, et tendant à l'autre ses effets à mesure qu'il les enlevait, se vit remettre ceux de l'officier. Celui-ci enfila ses brodequins fangeux et ses habits déchirés, et fourrant sa tabatière dans une poche, en extirpa la queue d'écureuil. Intrigué, il la passa entre ses doigts, et avec un sourire, la lança à Ilya qui s'en saisit au vol. « Un messager ! » dit l'officier, l'abandonnant à nouveau. « De bonnes ou de mauvaises nouvelles ? » ajouta-t-il, le sourire mourant sur ses lèvres, et se dépêcha de rejoindre le rivage. Ilya fourra l'appendice dans son pantalon et le suivit en boutonnant sa chemise. Il le regarda s'avancer dans les vagues et d'un bond agile sauter dans l'embarcation que son complice avait remise à flot et qui s'éloignait déjà. Le soldat s'assit à la poupe et le fixa à son tour. « On les fait chanter en chœur », dit-il, et sa physionomie, pensa Ilya, n'exprimait à présent qu'une terrible angoisse.

« Qui ?

— Les enfants, quand on les a séparés des adultes. On les fait monter dans les camions et là, ils doivent chanter. »

Il fut sur le point d'ajouter quelque chose, quand son camarade lui fit une remarque à laquelle il répondit d'un mouvement agacé. Et puis, sans prévenir, d'une voix qui parut à Ilya étonnamment douce, il se mit à chanter :

> *Bon sang ne saurait mentir*
> *Gloire au Guide et longue vie*
> *Bon sang ne saurait mentir*
> *Son nom soit béni*

Le rameur accélérait la cadence, la barque filant entre deux massifs de joncs où s'accrochait la brumaille. Quant au soldat, il fredonnait si bas qu'Ilya eut du mal à l'entendre finir :

Terre sans maître

Bon sang ne saurait mentir
Gloire au Maître, noble et sans peur
Bon sang ne saurait mentir
Mourons avec cœur

Il esquissa un salut, dans son regard un chagrin tel que son visage prit l'apparence d'un masque, et comme retombait sa main, la nuit l'absorba.

7

Ilya reprit sa route dans une rêverie profonde. Sa fièvre avait chuté, et malgré la
bastonnade que le petit homme lui avait fait
subir, il se sentait plus apaisé que depuis le
début de son ascension, dont il lui paraissait
inconcevable qu'il l'eût entamée la veille. Il
en gardait un souvenir si vague, comme si
elle ne datait pas de quelques heures mais
d'une époque reculée. Un nom affleura à sa
conscience, celui de la ville ou du bourg d'où
peut-être il était parti, à moins que ce ne fût
le patronyme de la personne qui l'avait logé
dans la vallée, et il le roula sur sa langue dans
l'espoir de lui arracher son secret : Wedernoch. Il n'en fut pas plus avancé, sinon qu'à
l'évocation verbale vint se greffer la vision

sans cohérence d'un paysage vallonné et d'une vitre battue par la grêle. Il songea alors à la fillette qui chantait dans sa mémoire et, évoquant la complainte, crut entendre des instruments en sous-tendre l'exécution. Il se concentra sur les sons, leur partition dissonante, comme si l'orchestre fantôme accompagnait un autre air que celui de l'enfant. Et il s'étonna de sa capacité à distinguer chacun des timbres, à leur assigner une note, à les placer sur une portée imaginaire et à reconnaître le tempo de l'ensemble.

Le symbole du soleil sombre ne laissait pas non plus de l'obséder. Plusieurs fois, tandis qu'il franchissait le chenal séparant l'îlot de la grève, il caressa machinalement l'insigne à son épaule, décidé qu'il était à lever le voile sur cet autre mystère, mais il eut beau se creuser l'esprit, il n'obtint pour toute réponse qu'une série de questions supplémentaires. Au-delà de sa perception immédiate – ses extrémités gelées, sa gorge sèche, le costume qui le serrait au corps – l'environnaient des ténèbres bien plus grandes que celles du dehors, pensa-t-il; pourtant, il ne s'en inquiétait pas outre mesure, et tout à sa contention, remarqua avec plaisir qu'il avait

gagné la terre ferme sans se salir plus haut
que le milieu des bottes. Les mains dans les
poches, il s'engagea sur la berge plate
qu'arrêtaient à droite des fourrés inextrica-
bles. Dans la doublure de l'uniforme pesait
un objet oblong et froid. Il fouilla le vêtement, y découvrit une flasque en aluminium
dont il dévissa le bouchon. Elle était aux trois
quarts pleine et à son arôme puissant, il
comprit qu'elle contenait du schnaps. Il but
une rasade qui brûla son gosier et réchauffa
ses entrailles, en lampa sans tarder une
seconde.

Ilya sentit l'alcool lui monter à la tête et
une torpeur délicieuse pénétrer ses membres. Il était sauvé ; derrière lui, Krebs ne se
relèverait pas. Plus que sa mort ou l'image
du couteau saillant de sa gorge, l'impres-
sionnait le flegme avec lequel le soldat avait
agi, comme si de tuer un homme était pour
lui dénué de signification et ne méritait pas
qu'on s'y arrêtât. Un homme était mort sous
ses yeux, médita-t-il, lui était toujours là, les
pieds nageant dans ses nouvelles bottes, et la
lune continuait de flotter sur le Mur – se
coucherait-elle jamais ? Une vie avait pris fin
et les étoiles brillaient autant que tout à

l'heure ; l'ombre des montagnes persistait, intacte, lui-même ne se sentait en rien diminué. Le monde, de fait, n'était pas moins plein, comme si rien ni personne n'avait le pouvoir de s'en retrancher et qu'il restait foncièrement étranger au destin de ceux qui, pour un temps, l'habitaient, ou qu'au contraire, c'étaient les vivants qui ne lui appartenaient pas : ils entraient en lui à la naissance, mais cette porte ne faisait pas partie de son royaume, et la porte de sortie non plus ne se découpait nulle part en lui. Ainsi Krebs n'avait-il pas laissé derrière lui une lacune, mais un cadavre.

Il marcha le long du bourbier qui bientôt se dilua dans le lac, sa surface animée de vaguelettes ébouriffées et pleines de chatoiements. Il but une gorgée d'eau-de-vie, une autre encore et quand la flasque fut vide, eut le plus grand mal à la remettre dans sa veste. Il parvint d'un pas de plus en plus incertain au bout de la plage, où les rochers reprenaient leurs droits. A l'idée d'une nouvelle séance d'escalade, il connut un moment de découragement, mais la perspective d'affronter une seconde fois le marais lui faisait horreur et il ne tenait pas à croiser la patrouille. Quant aux buissons, leur tissu était si dense qu'il ne pouvait espérer s'y frayer un passage.

C'est alors qu'il distingua l'escalier taillé dans la pierre, ses degrés inégaux jonchés d'éboulis. Il grimpait au-dessus de l'eau tandis qu'en face, le terrain s'élevait jusqu'à former une falaise au relief ridé et rongé par la mousse. En haut de l'escalier partait une sente dont Ilya, tout à son ivresse, suivit les lacets sans autre souci que celui d'avancer, et comme lorsque à la sortie du village Krebs lui avait faussé compagnie et qu'il s'imagina redescendant la vallée à bonds démesurés, et comme lorsque le petit homme, de ce côté-ci du Mur, le chassait à travers les bois, il fut envahi d'une allégresse telle que le moindre sursaut de brise, le plus infime reflet sur la roche, la senteur fugace de l'une des petites fleurs pâles qu'il voyait luire au pied de la muraille, sa respiration même y conspiraient. Et de même qu'à l'approche du sommet, quand il lui semblait que le Mur, que ses sens, que son esprit enfiévré se payaient sa tête et le condamnaient à voir l'objet de sa quête se dérober infiniment à son désir, il eut la sensation, tout en cheminant, de faire du surplace, arrêté quelque part au milieu de la laie, entre une boucle et la suivante, entre deux instants, à cette différence qu'il ne poursuivait maintenant aucun but et pouvait se laisser aller à la jouissance d'être tout entier présent. Il passait et toujours il demeurait, sur ce sentier et dans ce temps confondus avec sa personne comme la fragrance de la fleur avec son odorat. A moins que cette sente et ce temps participassent d'un autre règne ; quelle importance ?, ils passaient avec lui uniment. Et l'ajournement indéfini de sa mémoire, cette hantise qui taisait sa cause, allaient avec eux de même que son ébriété, ses ampoules aux orteils et tout le reste, le bon, le mauvais, l'égal, si bien qu'il ne pouvait les récuser sans se nier lui aussi, et qu'à l'acceptation pure et simple du monde, pensa-t-il dans un surcroît de joie, il n'existait pas d'alternative.

Il avait atteint le point où le rivage s'incurvait et quitta l'anse marécageuse. Sur la pente qui dévalait, il se mit sans réfléchir à murmurer : « Oui, oui, oui. » Subitement, l'obscurité l'immergea.

La falaise cachait la lune et Ilya brisa sa foulée. Il lui fut impossible de départager les parages immédiats de la surface du lac et cette dernière des montagnes qui la bornaient. Il ferma les yeux, les rouvrit, ne fit pas la différence. Il tendit une main devant lui, remua ses doigts, ne les discerna pas davantage. Il se demanda si, un peu plus loin, il ne sortirait pas de cette opacité aussi inopinément qu'il y était entré ; peut-être était-il face à une saillie du roc, un pas ou deux suffiraient alors à la rejoindre et quelques pas de plus pour la contourner ; derrière, sans attendre, se profilerait une autre bande sableuse, son arc argenté sous un rayon, et il recommencerait sa déambulation heureuse comme si rien n'était jamais venu l'interrompre. Il était désormais la proie d'un malaise diffus, comme si la nuit même avait le pouvoir de prendre corps, devenant un gantelet d'acier aux dimensions effrayantes qui allait se refermer sur lui et le broyer.

La nuit ? Son regard s'accoutumant à l'ombre épaisse, il vit que, loin d'être uniforme, elle paraissait se diviser en deux parties dont l'une englobait l'autre : occupant le centre de son champ de vision, une vaste zone rectangulaire aux dégradés insensibles ; autour, une auréole à la fois plus

foncée et criblée d'étoiles. Il décida, malgré
son appréhension, de pousser plus avant, et
tâtant le sol du bout de ses semelles, se dirigea vers ce qui lui apparaissait comme un
cache posé sur les ténèbres, noir sur noir, un
voile qui ne dissimulait qu'un fond plus
indécis encore. Son pied rencontra le vide, et
étirant la jambe, il toucha la pierre quelques
centimètres plus bas. C'était une nouvelle
volée de marches, et l'ayant descendue, il se
retrouva sur une route pavée. Il en fut telle-
ment surpris qu'il se baissa pour l'effleurer.
Se relevant, il eut un étourdissement, crut
qu'il allait tomber à la renverse et que le
quadrangle insondable plaqué sur le ciel
basculait vers lui; ce n'était plus un gant
mais un tombereau géant qui n'attendait que
l'arrivée d'un imprudent pour se décharger
de sa noirceur et l'y ensevelir. Il se rendit
compte qu'il était beaucoup plus soûl qu'il
ne l'avait supposé, et le cœur palpitant,
chercha le bord de la chaussée pour s'y
asseoir. Celle-ci était légèrement bombée,
s'arquant dans ce qui était sans doute sa
largeur, pensa-t-il, et comme pour le confirmer, sa botte buta contre un muret. Y
appuyant ses paumes, il perçut un bruisse-

ment liquide qui montait des profondeurs et comprit que ses mains reposaient sur le garde-fou d'un pont lancé au-dessus des eaux. Si tel était le cas, l'immense aplat entouré d'astres devait être une île.

Il en prit le chemin, sa main glissant le long du parapet. La masse sombre à la fois lui faisait peur et l'attirait. L'arche franchie, il emprunta une allée de gravier qu'à la rumeur du vent dans les feuilles il se figura plantée d'arbres de hauts fûts. Il était incapable de se situer dans l'espace et l'ivresse ajoutant à son égarement il se déportait de droite et de gauche et ne rétablissait son cap que pour le perdre aussitôt. Il progressa ainsi comme dans un rêve dont on ne cesse à chaque instant de s'éveiller, et sentit s'insinuer en lui une voix, une deuxième, et puis trois, mélangées à des rires et à des notes jouées fortissimo sur un piano désaccordé. Il redouta d'entendre, dominant le tumulte, s'élever la mélopée de l'enfant, cet air aux inflexions pathétiques qui avait rendu si pénible la fin de son ascension, et pensa avec horreur que son retour signerait ni plus ni moins sa folie définitive. Au lieu de la chanson, quelqu'un poussa une exclamation des plus sonores et une porte s'ouvrit, répandant dehors une lumière si violente qu'Ilya dut se protéger les yeux.

Les paupières plissées, il s'obligea à voir. Il était devant une imposante demeure blanche à mi-chemin du manoir et du château. Encadrée de tours octogonales, sa façade était percée de hautes fenêtres aux volets clos et en partie recouverte de lierre. De la porte laissée ouverte s'échappait le brouhaha d'une assemblée nombreuse. Un homme en surgit, sa silhouette bedonnante vêtue d'un uniforme pareil au sien, et d'une démarche vacillante il rejoignit la haie de rosiers qui délimitait la terrasse. Là, il déboutonna sa braguette et arrosa les boutures d'un jet abondant. Figé entre deux trembles, Ilya écoutait la clameur provenant de la résidence avec un mélange d'envie et de douleur. L'intérieur, si proche était-il, avec sa promesse d'un feu et d'une compagnie joyeuse, lui semblait inaccessible, mais il lui fallait en être coûte que coûte, se dit-il, ne fût-ce que pour mettre enfin un terme à son errance. Elle n'avait que trop duré, rien n'était plus sûr, et il lui tardait de se perdre dans cette foule, d'y manger et d'y boire, d'y trinquer à la santé de qui entrechoquerait son verre au sien, et bercé par le bourdonnement des conversations, de s'y endormir. L'autre avait fini de pisser. Se reboutonnant, il repéra Ilya sous les arbres et s'écria : « Tu viens ou quoi ? Qu'est-ce que tu fous dehors ? Ça va être l'heure du discours ! », avant de repasser le seuil.

Ilya traversa la cour et s'engouffra à sa suite dans la maison. Il resta à l'entrée du couloir, long et spacieux, garni de tapis et éclairé d'un lustre qui dégringolait du plafond en cascades laiteuses. Alors que l'officier disparaissait par un passage, se dépêchant de retourner parmi les convives, il admira le chandelier, les murs blancs, l'encoignure au bout du corridor et son vase rempli de lys. Tout était d'une propreté immaculée et il s'émerveilla de l'absence de poussière comme de ces lignes pures dont aucun élément superflu ne contrariait l'agencement. Où il s'était arrêté, le souffle froid du dehors et la chaleur qui émanaient des radiateurs se chassaient l'un l'autre ; pris dans les courants comme entre deux liens, Ilya se sentait, le plus étrangement du monde, à sa place. Mais dans le salon voisin, l'instrument se tut, applaudissements et cris fusèrent, et le pianiste entamant sur-le-champ une valse en une série d'arpèges hasardeux, Ilya fut libéré de ses attaches invisibles. Il était presque parvenu au niveau de la galerie où le soldat avait bifurqué et devinait à proximité, entre les panneaux d'un paravent, le va-et-vient des invités dans la grande salle illuminée, lorsque quelqu'un dévala d'un pas léger l'escalier au fond du couloir et le découvrant, s'immobilisa à mi-étage.

Dans sa robe de satin gris perle aux drapés en vaguelettes, sous la poudre de riz et le raisin qu'elle s'était mis aux lèvres, elle ne ressemblait que de très loin à celle qui au village l'avait dévisagé avec tant d'insistance ; pourtant, il n'y avait pas à s'y tromper : il faisait face à la jeune fille du Bureau des Visiteurs, et, cette fois, c'était lui qui l'observait sans retenue tandis qu'elle avait l'air de ne rien y comprendre. Très vite, elle se ressaisit. Venant à lui, elle jeta un coup d'œil inquiet vers le salon et attrapa une de ses mains qu'elle serra comme pour s'assurer qu'il était bien là. Elle considéra ensuite son costume, et son émotion ne fit que croître, jugea Ilya, captivé quant à lui par la fine raie qui partageait sa chevelure de jais ; comme dans la salle d'attente du village, il remarqua l'extrême blancheur de sa peau, tissée de veines bleuâtres, et respira son parfum à l'odeur de bergamote. Elle contempla sa main, les nœuds de ses phalanges, sa paume dont elle parut étudier les lignes, puis, comme une ombre, déboulant d'un côté de l'écran, venait à leur rencontre, elle passa son bras sous le sien et le conduisit vers l'escalier.

Ensemble, ils gravirent les marches, Ilya peinant à suivre le rythme précipité de son escorte. Il faillit choir à plusieurs reprises, l'escalier et son envers tournoyant au point que le haut et le bas finirent presque par se confondre et qu'arrivé sur le premier palier, il dut marquer une pause. Ce manège ridicule, pensa-t-il, ne manquerait pas d'avertir la jeune femme de son degré d'éthylisme, et il en conçut autant d'amusement que de honte. L'instant d'après, elle l'entraînait dans un long couloir aux tentures vertes et au plafond caissonné, jusqu'à la dernière porte dont elle tourna lentement la poignée et qu'elle referma derrière eux avec la même discrétion.

Ils pénétrèrent dans une grande chambre qui s'ouvrait sur une enfilade de pièces ombreuses et donnait sur le jardin. Une seule lampe y était allumée, dans un angle, près d'un lit à baldaquin dont les rideaux de tulle tamisaient la lumière déjà chétive. La jeune femme, après avoir fermé à clef, le fit asseoir dans un fauteuil, le fixa encore, ses iris si clairs, remarqua Ilya, que leur contour en devenait parfaitement incolore. Elle fronça les sourcils, et Ilya pensa que sans doute elle lisait dans ses yeux la même incrédulité qu'il voyait dans les siens. Soudain, elle s'éclipsa, rejoignant la pièce voisine et comme si, dans son enivrement, les êtres et les choses n'existaient plus pour lui que dans l'orbe de sa vision, qu'au-delà son esprit fût devenu impuissant à les retenir, la jeune fille en sortant emporta son souvenir. Seul demeura, traînant après elle, son vague parfum d'orange et de vanille, et durant un bref intervalle, avant que ce même effluve ne lui rendît son image, Ilya connut un complet oubli.

Les murs, la fenêtre face à lui, le siège où il était assis ne lui évoquaient plus rien, sinon la sensation absurde qu'il en était le point de convergence et qu'en l'épiant ils le faisaient exister. Il y avait autant d'yeux que de points dans l'espace, pensa-t-il, saisi de panique, chacun prenant à la fois part à son évocation et jouissant de l'épier ; susciter et voir, c'était tout un ; désespérément, il inspira le parfum de Tilda, et de façon aussi soudaine qu'elle lui avait été ravie, sa mémoire lui fut rendue, le temps recommença à fuir et le monde redevint aveugle.

Était-ce le Mur, se demanda-t-il, qui le tenait sous son emprise, qu'il souffrît pareils dérèglements ? Subissait-il son influence, comme d'autres avant lui, ou n'était-ce que la conséquence de la fatigue, de l'alcool et de sa lutte contre Krebs ? Il se rappelait en effet avoir entendu dire que le lieu hantait ceux qui s'y étaient rendus, dans certains cas pour quelques jours ou quelques mois, parfois à jamais. Wedernoch, pensa-t-il, les cristaux de neige aux carreaux, les crayons de couleur, ce qui vous passe par la tête monsieur Moss, ce chant, ses petites notes acides.

Du rez-de-chaussée éclata une nouvelle ovation, suivie d'un bruit de chaises frappées en cadence contre le sol. Un homme, criant plus fort que les autres, fit cesser le tapage :

« Silence ! Silence ! » s'exclama-t-il, son injonction se propageant dans l'assistance de sorte qu'au bout de quelques secondes elle était dans toutes les bouches. « Ça va commencer ! » dit quelqu'un, « Plus fort ! » exigea un autre, et le tumulte cessant, Ilya perçut le chuintement caractéristique d'un poste de TSF. L'appareil, allumé à plein volume, crachota un moment, avant que ne rugît une harmonie de cuivres, sa ritournelle guerrière si déformée qu'elle sonna aux oreilles d'Ilya comme le rauquement d'une bête blessée. Suivit un nouveau silence plein de craquements et, émergeant des parasites, ce qui avait toute l'apparence d'une adresse solennelle. Débitée d'une voix criarde, elle dégénéra sans attendre en une harangue aux accents fiévreux. Il essaya de se concentrer sur le discours, mais n'en intercepta que des bribes. La jeune femme revint vers lui et lui tendit une tasse pleine à ras bord de café. La porcelaine lui brûla les doigts. « Buvez » dit-elle.

Ilya s'exécuta, avalant à petits traits le liquide bouillant devant son hôtesse qui l'examinait toujours, son expression cependant absente, pensa-t-il, comme si son visage

n'était plus que le support d'une représentation tout intérieure, qu'en le regardant elle
voyageait au loin. Quand il eut vidé la tasse,
elle la lui reprit et comme elle se penchait
pour la poser sur la table basse placée près
de son siège, il repéra par la fenêtre les premiers signes de l'aube. Cet azurement à
peine visible, joint aux effets du breuvage, le
dégrisèrent assez pour qu'il n'éprouvât plus
ce vertige que provoquait le moindre de ses
gestes. En bas, le poste à lampe continuait de
diffuser le prêche à la nation de celui que
tous écoutaient en silence et dont l'énergie
hargneuse, l'élocution toute en saillies, se
trouvaient si bien amorties par le plancher
qu'elles en étaient réduites à un ronron. Elle
dit : « Où est-il ?

— Qui ? »

Avant qu'il comprît à quoi elle voulait en
venir, elle ouvrit son vêtement, plongea sa
main du côté de son cœur et en retira
l'enveloppe que l'officier y avait oubliée. Elle
tourna le pli entre ses mains, le vit maculé de
fange, effleura son pantalon également crotté
et partit d'un rire qui révéla ses dents parfai-
tes.

« Stefan ! » dit-elle, comme si elle s'adressait moins à lui, songea Ilya, qu'au déserteur, et il se demandait dans quel rôle elle cherchait à l'enfermer. L'abandonnant pour tirer le bouchon d'une bouteille alignée parmi d'autres sur un guéridon, elle se versa un verre et, après avoir bu une gorgée, le lui tendit. « Je croyais ne jamais te revoir », dit-elle. Mordillant sa lèvre inférieure, elle semblait se retenir de trop sourire. Son excès d'allégresse, forcé de battre en retraite, sourdait de ses yeux une gaieté, s'imagina-t-il, qui n'était pas exempte de moquerie, et respirant son haleine lourde tandis qu'elle se baissait un peu plus vers lui, il comprit qu'elle aussi était ivre. « Tu ne me reconnais pas ?

— Vous étiez au village.

— J'étais au concert.

— Au concert ? » dit Ilya. Le mot le frappa comme un coup de poignard et il lui fallut faire appel à toute sa volonté pour ne pas hurler – de surprise, de douleur, parce qu'il voulait de toute force savoir et que cela résistait. Elle fut prompte à déceler son trouble et ne fit rien pour le cacher. Au contraire, elle eut l'air d'y prendre plaisir, elle en était, aux yeux d'Ilya, littéralement captivée, ce qui augmenta d'autant son agitation.

140

« Au concert, oui, tu ne t'en souviens pas ? » dit-elle, ne perdant pas une miette du spectacle qu'à son corps défendant il lui offrait, recroquevillé dans le fauteuil, serrant le pied du verre à l'en briser, ce verre qu'il se retenait de balancer au sol pour marquer sa révolte contre ce jeu du chat et de la souris. Elle le dessoûlait et dans la foulée lui resservait à boire ; à présent elle jouissait de le savoir acculé. Quel but poursuivait-elle, sinon celui de l'égarer davantage ? Il fut sur le point de lui poser la question, mais il avait peur et se tut.

« Alors si je te dis que tu es Stefan, reprit-elle, que tu es un officier des forces spéciales, membre de la garde rapprochée du Chef, que ton frère neurasthénique a eu ses côtes fêlées et le nez réduit en bouillie par la milice et qu'il s'est donné la mort la nuit dernière, que tu es mon amant fougueux et malhabile, que tu te mutiles chaque fois que tu tues, cela t'est égal ?

— Je m'appelle...

— Ilya Moss », acheva-t-elle, et elle remplit le verre.

A cet instant, un chœur de protestations retentit du rez-de-chaussée, où le haut-

141

parleur de la radio n'émettait plus qu'un ronflement continu. La jeune femme s'assit sur un des accoudoirs et passa ses doigts dans les cheveux d'Ilya. Il se rétracta d'abord. Le contact de leurs peaux lui fut un affront intolérable. Puis, insensiblement, il se détendit, ne recevant plus son sourire sibyllin, l'épaississement de son souffle, la pression exacerbée de sa main comme une prise de pouvoir mais comme une évidence à accueillir, aussi déconcertante fût-elle. Lui-même se sentit bientôt libre de répondre, et lâchant la coupe qui rebondit sur le parquet et répandit son vin, porta ses mains vers sa gorge.

« Tilda ? »

L'appel, s'élevant du fond des appartements, les pétrifia. « Tilda, que fais-tu ? » dit l'inconnu d'une voix oppressée, comme atteinte d'emphysème ; celle d'un vieillard, pensa Ilya, autoritaire en même temps que plaintive. La jeune femme, ses yeux souriant toujours, la bouche tordue dans une moue qui lui donnait un air d'enfant gâté, planta ses ongles dans ses épaules, y prenant appui pour se relever. Elle fila en silence à travers la succession des pièces et entra dans la

dernière sans en refermer la porte. Ilya entendit le vieil homme s'adresser à elle sur un
ton cassant, ses phrases s'étirant à n'en plus
finir. A chacune de ses litanies, elle répondait d'un simple mot ou d'un soupir, lasse,
irritée peut-être.

Lui-même était gagné par une colère
sourde. Il eût souhaité la mettre sur le
compte de leur intimité brutalement rompue
mais il ne pouvait en ignorer la cause véritable : « Le concert », dit-il à voix basse, et de
nouveau : « Le concert. » Il répéta le mot
quelquefois encore, puis dans sa langue,
« The concert... the concert... There was a
concert... » Il n'était pas de cette terre, cela il
n'avait besoin de personne pour le lui rappeler, la preuve lui en étant fournie chaque fois
qu'il prenait la parole. L'idiome local pourtant lui était familier, il comprenait sans mal
ses interlocuteurs, même lorsqu'ils juraient
dans leur barbe après l'avoir précipité d'une
falaise, et se montrait capable, avec une
même facilité, de décrypter une lettre
d'adieu tracée en pattes de mouche. N'allait-
il pas jusqu'à inventer les paroles d'une
comptine et la voix d'une fillette pour les lui
réciter ? – sauf qu'il n'inventait rien du tout.

La chanson, il en eut la certitude fulgurante, le reconduirait elle aussi à ce concert, pour peu qu'il vainquît en lui cette résistance opiniâtre, un mur, un autre mur, celui-là érigé pierre à pierre sur la crête de son âme. « Non... non... » chuchota-t-il ; était-ce le pâtre à son tour qui le ventriloquait ? Cela ne pouvait plus durer, cela pouvait durer toute l'éternité, cette partie de dupes qu'il disputait contre lui-même.

Comme à l'instant sous le regard narquois de Tilda, il faillit crier à nouveau, et quittant le fauteuil, se rendit à la fenêtre, l'ouvrit, aspira le coulis glacé qui afflua d'un coup dans la chambre. Les arbres dansaient doucement à l'extrémité de la cour, la nuit n'était plus si profonde, elle portait la promesse du jour, de l'enfance, s'enhardit Ilya, où une grange rouge se découpait sur le ciel, où grinçaient les grillons, où il dégringolait du haut de la colline. *Quail Run Road*, son asphalte fendu par les tremblements de terre, bleuâtre et ravaudé comme la toile de ses pantalons, *P.O. Box 737*, le numéro de la boîte aux lettres, et *432*, celui de la route, et puis la maison surplombant les champs desséchés et l'océan aux teintes incessamment changeantes, les ratons laveurs qu'il nourrissait d'œufs crus, les coquilles entre leurs griffes, et dans la dépendance accolée au garage où la carrosserie noire de la première Ford T. se couvrait de poussière et où, aux heures les plus chaudes, les chats du voisinage se roulaient en boule pour somnoler, les matinées de gammes sur le Bösendorfer.

Et désormais il brûlait, comme dans un autre jeu, un foulard noué sur les yeux, « Tu brûles, tu brûles », lançaient ses camarades sous le préau de la cour d'école, sans qu'il se remémorât la nature du trésor qu'encouragé de toutes parts il cherchait à tâtons : était-ce un objet, était-ce quelqu'un plutôt ? Il y avait eu les leçons à Piedmont de Mr. Hampton, l'orgue de l'église baptiste de Southdown Avenue, les disques d'ébonite sur le phonovalise, Bach, Schumann, l'éblouissement de Charles Ives, et les retraites estivales à Lake Tahoe, le chalet en bois de séquoia construit par son père qui, s'isolant dans l'appentis, entre le matériel de pêche et un poêle piqué de rouille, s'adonnait à ses recherches ; le titre d'une de ses publications, qu'il connaissait par cœur et déclamait à la satisfaction générale longtemps avant d'avoir appris à lire : « *On the Negative and Positive Photo-tropism of the Earthworm Allolobophora Foeti-da as Determined by Light of Different Intensi-ties* » ; sa mère, Sigrid, née Friedländer, sa façon de rouler les r, son amour de la pluie, ses *limericks* impromptus et ses mains sèches et chaudes. Le sceau sur sa mémoire était brisé et les impressions déferlaient, se chevauchant comme si chacune voulait l'accaparer, que c'était là son droit imprescriptible.

Cet épanchement, dans toute sa violence, le laissait curieusement calme, à la manière dont l'eau glisse sur le corps d'un baigneur sans l'imprégner, et c'était encore une perception ancienne qui lui suggérait cette image, exhumée d'une époque si lointaine qu'elle n'appartenait plus à aucun temps mais au noyau le plus intime de son expérience, son premier étonnement peut-être, l'imperméabilité de sa peau dans le bouillonnement des vagues, à la différence que les ondes cette nuit le submergeaient de l'intérieur sans que rien en transpirât au-dehors. Il jugeait de même surprenant que sa vie lui revînt par son commencement au lieu que sa mémoire en remontât le cours depuis l'avant-veille et la vallée brumeuse où il avait entamé son ascension. Les réminiscences continuaient d'affluer, si rapides et si nombreuses qu'elles se fondaient en un unique flux sonore et bariolé. La sensation était à la fois voluptueuse et affolante, un homme pouvait se perdre dans ces eaux, y oublier jusqu'à son nom. Abandonnant la fenêtre, il saisit la bouteille au pied du fauteuil et en avala une grande lampée. Il sentit le flot des souvenirs se tarir. Au rez-de-chaussée, le discours du Chef avait repris.

Ilya se dirigea vers la porte. Il n'avait rien à faire entre ces murs, non plus que dans cet uniforme, il était grand temps qu'il se l'avouât. Plus tôt il repartirait, plus tôt il retrouverait ses esprits. Il pousserait jusqu'au premier village, d'ici là il saurait à quoi s'en tenir, il ferait jour et tous les mystères seraient levés. Il téléphonerait aux autorités compétentes, l'ambassade, le consulat, on le sortirait de cette mauvaise passe. « De l'air, de l'air », murmura-t-il, actionnant la poignée de la porte. Elle était fermée à clef. Il eut un accès de rage et serrant les poings, s'enfonça dans l'appartement. Par la porte du fond, celle-là entrebâillée, il vit passer Tilda, une cuvette émaillée fumant entre ses mains. Elle prononça une phrase qu'il n'entendit pas. Le vieil homme en réponse ricana, puis l'interrogea, sifflant chaque fois qu'il inspirait : « Tu es encore allée au village, n'est-ce pas ? Qu'est-ce que tu y as vu cette fois ? Raconte-moi. »

Ilya s'arrêta net. Un pas de plus et il était dans la chambre. Devant lui et de dos, Tilda lui dissimulait le vieillard, assis sur une chaise, les pieds dans de grosses chaussettes de laine. Elle avait à la main une serviette humide et à son coude qui allait et venait il comprit qu'elle le lavait. « Je n'irai plus, dit-elle.

— Et pourquoi pas ? Je croyais que tu t'y amusais follement.

— C'est chaque jour les mêmes têtes et le même cirque qui recommence...

— Chaque jour, chaque jour, répéta l'autre, et il se remit à caqueter.

— Tous ces gens se ressemblent et m'ennuient.

— Oui, il n'y a rien de plus ennuyeux que les fous, n'est-ce pas ? Et de plus inutile.

— De toutes les façons l'Oberfeldwebel me l'a interdit.

— L'Oberfeldwebel est un âne, dit-il,

s'emportant brusquement, l'élite un trou-
peau, tous ils paissent sur ma chair, il ne reste de moi que mes os, ceux-là aucune bête
ne se risquera à les ronger bien sûr, elle s'y
casserait les crocs ! L'Oberfeldwebel est un
âne, la garde mystique une meute inculte,
pas assez inculte encore, pas suffisamment
rendue à sa simplicité élémentaire, un ra-
massis de boiteux et de borgnes, maintenant
c'est trop tard, il m'aura manqué dix ans, ils
peuvent planter mon drapeau sur toute la
terre et célébrer ma victoire, en vérité le
mouvement a avorté misérablement, tout ça
pendant qu'une pute me torche et me
nourrit à la cuiller. »

Tandis qu'il vitupérait de la sorte, elle
poursuivait imperturbablement sa tâche, Ilya
s'abîmant dans la vision de ses omoplates qui
se resserraient et se détendaient tour à tour
sous le mince tissu de soie. Le retenait tout
autant la petite marque rouge sur son cou, et
le duvet à la racine de ses cheveux. Sa propre colère était retombée et il n'était plus sûr
de vouloir faire la connaissance du barbon à
l'exaltation morbide. Il hésitait à se retirer,
s'aperçut qu'il tenait toujours la bouteille de
vin et l'accessoire inopportun ne fit qu'ag-

graver son indécision. Tilda déposa le linge dans la bassine et s'empara d'une autre serviette pliée sur l'appui-bras. Le vieil homme en profita pour glisser ses doigts maigres dans l'échancrure de sa robe et caresser ses seins. Elle ne réagit pas davantage, et quand, pinçant son menton, il l'attira à lui et l'embrassa, elle lui offrit sa bouche. Le baiser se prolongeant, la confusion d'Ilya fut telle qu'il commença lentement à reculer dans le corridor. Le vieillard alors repoussa la jeune femme et repéra l'intrus. Il s'écria : « Qui est là ? »

Se tournant vers Ilya, Tilda fit un pas de côté, si bien qu'il put enfin découvrir le grabataire, le triangle de son visage émacié fendu de rides verticales, ses cheveux rares et jaunâtres coiffés en brosse. Il était à moitié nu, le torse encavé et glabre, et l'épiderme flasque. Ses jambes dépassaient de leur pantalon de flanelle, affreusement maigres elles aussi.

« Montrez-vous ! », ordonna-t-il.

Ilya entra dans la chambre. « Voyez-vous ça ! » dit l'infirme, puis s'adressant à la jeune femme d'une mine apparemment réjouie : « L'un s'en va, l'autre arrive ! Approchez-

150

vous », conclut-il à l'adresse d'Ilya qui s'avança jusqu'au milieu de la pièce. Dans l'intervalle, Tilda s'était retirée derrière le siège, où, soustraite aux œillades du vieillard, elle jouirait d'un point de vue privilégié sur la scène, pensa Ilya, que les mêmes prunelles bleu sombre sondaient sans retenue.

« Drôle de spécimen, dit-il, sa voix chutant d'une demi-octave et son élocution pâteuse. Où l'as-tu pêché ? Des bottes boueuses et des cheveux pleins d'aiguilles. Et dans sa bouteille, qu'est-ce qu'il cache ? Son inflexible volonté de soleil peut-être. Seulement regarde, s'énerva-t-il encore, c'est trop tard, l'esprit l'a infecté de la bouche à l'anus, de tous ces pores il exsude cette morve. Il voudrait passer inaperçu, mais derrière lui, l'ombre imbécile de Dieu se démène, qui n'a pas compris encore que c'en est fini une bonne fois pour toutes de lui et que de nouvelles fleurs poussent sur son cadavre... »

Il s'interrompit, haletant, attendit que diminuât le rythme de sa respiration, et reprit comme s'il n'avait jamais marqué de pause : « ... Fleurs sans racine, et bientôt sans matière. Elles s'échangent et se vendent à tous les coins de la terre. Fleurs sans odeur, en bouquets et en gerbes, en immenses couronnes amoncelées sur sa tombe, et lui ne sait pas qu'il s'est changé en espèces et en bons du Trésor. Sa mort vient de loin, elle se répète depuis que les hommes se prennent pour tels, moi seul, Joachim Lenz, ai su la regarder en face et en tirer toutes les conséquences pratiques, attraper ce taureau par les cornes, ce crâne vide, et l'enterrer pour refondre le monde sur des bases saines. Moi seul, et on m'a lâché au milieu du gué, une coalition de larves en habits de princes. Ils ont vu le profit immédiat qu'il y avait à faire, ont décidé qu'il fallait aller vite en besogne et s'enrichissent sur mon dos en bradant tout avenir. La juiverie, les tziganes, les invertis peuvent bien être envoyés au diable, et les têtes blondes parader à la baguette, des têtes de mort sur leurs drapeaux, aucun sacrifice ne suffira à réparer cette faute, revenir à l'essentiel, regagner l'unique chemin de la délivrance! La marche à suivre était limpide, le programme à la portée du dernier des imbéciles : rendre l'homme bête, entends-tu, supprimer toutes les scories, tous les filtres, les pédagogies perverses de la culture et du raffinement. La nature ne se trompe pas, elle

seule est la garantie d'un choix libre et souverain, tout le reste n'est qu'une somme
péniblement amassée de subtilités psychi-
ques et d'espoirs pour cœurs faibles. Il faut
restituer à l'homme sa spontanéité, qu'elle ne
se sépare plus de sa volonté, tout comme la
foudre ne se distingue pas de son éclat.

« Y réussirez-vous ? lança-t-il à Ilya, sa
respiration si bruyante qu'il paraissait au
bord de l'étouffement. Vous aviez échoué
avant même de vous mettre en train ! C'était
une chance historique, à présent c'est foutu,
l'argent seul, quand il sera devenu plus fin et
impalpable que la poussière, y parviendra
peut-être, une même héroïne pour les escla-
ves et pour les maîtres, un même culte de
l'exploiteur et de l'immense armée des
crève-la-faim parquée dans les camps de
concentration de demain, mais cela prendra
des siècles, et exigera l'appui de technologies
à côté desquelles la TSF et le cinématogra-
phe apparaîtront aussi arriérés que les tam-
bours des Nègres. Le prolétariat ne sera plus
gavé de discours et payé au jour juste de
quoi se revendre au matin, mais d'images, et
dans sa stupeur se choisira une image et
bientôt deviendra cette image tandis que

mille drains suceront sa moelle et qu'il
continuera de jouer avec lui-même, même
après sa mort. Un détour interminable, tant
il reste de résidus d'âme à liquider, d'idées et
de rêves fantômes, de calculs spirituels
comme on parle de calculs biliaires sauf que
les premiers sont autrement difficiles à extraire. Poussière du temps, poussière dans
nos langues et sous nos ongles, tant à dé-
truire, le temps même à défaire, le temps
même... »

Il ne parlait plus que dans un chuchotis,
les mots entrecoupés d'appels d'air et quelquefois recouverts par le gargouillis de ses
bronches. Peinant à l'entendre, Ilya leva les
yeux vers Tilda, qui se contenta de lui sourire, puis alla ouvrir l'armoire près du lit,
retira de sa tringle une robe de chambre et
en enveloppa les épaules du vieil homme. Au
contact de l'étoffe, celui-ci se ressaisit.

« Tu as été là-haut ? Qu'as-tu vu ? » demanda-t-il, fixant Ilya comme s'il essayait de
provoquer en lui un état de transe, songea ce
dernier, et le nom de Wedernoch le visita de
nouveau. Ce n'était pas le nom d'une personne, comprit-il, mais celui de l'hôpital où il
avait séjourné. Il s'était effondré, on l'avait

transporté là, il y avait eu le voyage en train
en compagnie d'une infirmière et d'un jeune
médecin, Stuckenschmidt, oui, si juvénile
d'apparence qu'il ne cessa de penser, tout le
temps du trajet, depuis la Hauptbahnhof
jusqu'à la gare de campagne et l'établis-
sement au bout de la route verglacée, un
ancien monastère de chartreux converti en
centre de soins, érigé dans une vallée encaissée et cerné de verdure, qu'il était la victime
d'une mascarade, d'un complot organisé de
main de maître, que le soi-disant psychiatre
était un acteur payé pour l'occasion, de
même l'aide-soignante et les autres voya-
geurs du compartiment aux lorgnades
entendues. On l'avait conduit là, après le
concert, les pupitres fracassés, le violon en
miettes, le grand cri de l'assistance, les soleils
sur les brassards, les enfants en haut du
podium, debout derrière l'orchestre, leur
nombre diminuant de jour en jour comme
une peau de chagrin, remplacés par d'autres,
et c'était là, sous la verrière du réfectoire,
qu'un patient, s'asseyant à sa table, s'était
confié à lui. Il l'avait renseigné, lui le premier, sur l'existence du Mur, à quelques
kilomètres de marche, de la fortification sur

la crête, intacte, oubliée de tous, et qu'il rallierait lui-même s'il n'était si mal en point.

« Réponds ! » répéta l'homme ratatiné sur sa chaise.

Ilya tressaillit. Bien qu'il lui en coûtât, il ne désirait que séjourner plus longtemps dans la vaste salle à manger de la clinique, dans ses galeries ajourées et son parc en pente, où sur les pelouses et les haies la neige finissait de fondre. La sommation était sans appel, et tout en luttant pour ne pas laisser s'évanouir le mirage de Wedernoch, la tribu fantasque des internés, le sérieux du jeune Stucken-schmidt et les séances quotidiennes d'hyp-nose auxquelles il le soumettait dans son bureau sous les combles, il sentit néanmoins qu'il aurait plaisir à témoigner de son expé-rience, à en livrer quelques bribes, même à ce vieillard visiblement sénile et à la jeune femme qui le chaperonnait, ses bras entou-rant la poitrine de l'infirme, son sourire inscrutable. Il resta muet.

« Il n'a rien à dire. Ils n'ont jamais rien à dire. Ou bien n'importe quoi, affirma Lenz. Qu'importe. Puisque au moins tu n'es pas venu les mains vides, buvons. Tilda ! »

Elle prit deux verres à eau sur une étagère

au-dessus du lavabo, les tendit à Ilya qui les remplit et en remit un au vieil homme.

« Trinquons ! » dit ce dernier, et levant son verre, il attira l'attention d'Ilya sur un cadre accroché au mur. C'était une photographie, datée dans son coin inférieur gauche de 1897. Elle montrait un groupe d'hommes en costumes de tweed, barbus pour la plupart et chaussés de lunettes ou de binocles, posant sous le Mur. Ils portaient des sacs à dos, étaient munis qui d'une vulgaire canne de ville, qui d'un alpenstock, l'un d'eux tenant un fil à plomb, un autre un niveau à bulle et, à l'épaule, une lunette montée sur fourche. Sur le bord du cliché, un chien assis entre ses jambes, on voyait un jeune montagnard au physique puissant et à l'expression effarouchée. Ilya fut certain de reconnaître le pâtre qui l'avait secouru plus tôt dans la nuit, et en conçut une émotion si vive qu'il fut au bord des larmes. Un peu plus de quarante ans avaient passé, le berger aujourd'hui était un vieillard lui aussi, qui d'évidence avait conservé sa vigueur, mais que le temps s'était amusé à réduire à quelques lignes abstraites, et que le désespoir avait rendu fou. D'autres photos étaient suspendues de

157

part et d'autre de celle qu'il contemplait, mais Lenz, reprenant la parole, l'empêcha de s'y intéresser.

« Je suis souvent venu ici dans mon enfance, et dès que je l'ai pu, j'ai fait réquisitionner le château. C'est ici que tout est né, ici aussi que l'Œuvre a pris fin. Voyez ces honorables savants, leur idiote suffisance. Ils croyaient l'infini soluble dans le décamètre. Ils croyaient... »

Lenz se tut, et lui faisant face, Ilya découvrit la main qu'il tendait vers lui. Il marcha jusqu'au vieil homme et prit sa main. Elle était glaciale. Lenz l'attira à lui et murmura : « De tout mon cœur je l'ai haï pour ce qu'il m'a fait voir.

— Qui ?

— Le Mur, répondit le vieillard avec une pointe d'impatience. Il m'a tout fait voir. Que le monde était sans autre et qu'il m'appartenait. Il n'y avait que lui, il n'y avait que moi, et cela tu l'as saisi toi à ton tour, n'est-ce pas ? Alors qu'attends-tu ?

— Pour quoi faire ? » demanda Ilya, et Lenz l'attrapant par la nuque pour le serrer contre son sein, il réprima le désir de le repousser brutalement. « Devenir un dieu

parmi les hommes, leur montrer la voie »,
continua Lenz dans un soupir. « Aussi bien
je suis toi et tu es moi, aussi bien je n'ai fait
qu'attendre cette nuit et la venue de celui qui
aurait au fond des yeux cette même lueur, ce
feu capable de gagner toute la terre. Viens
plus près, n'aie pas peur, tu es comme mon
fils, nous sommes si peu différents que je
sais tes secrets, ta soif d'être et ta volonté de
vengeance contre tout ce qui t'empêche de
devenir ton propre maître. »

Ilya n'en put supporter davantage. Mais
comme il cherchait à se relever, Lenz soudain le relâcha et se tut. Il dodelinait de la
tête, les paupières mi-closes, la mâchoire
pendante, et laissa choir son verre vide entre
ses cuisses. Tilda fit le tour de la chaise,
boutonna son peignoir, et rejoignant Ilya,
l'invita à la suivre.

8

Elle déboucha une autre bouteille, cette fois d'eau-de-vie, et s'enfonçant dans les coussins de la causeuse où ils avaient pris place, porta le goulot à ses lèvres. Quand il voulut boire à son tour, elle l'écarta de ses genoux et maintint le flacon hors de sa portée. Se cambrant en arrière, elle étendit la main, et ouvrit le tiroir supérieur d'une commode, dont elle tira un tas de papiers qu'elle jeta en l'air l'un après l'autre jusqu'à tomber sur celui qu'elle cherchait. C'était une coupure de journal, un article du *Nazionalzeitung,* comme l'indiquait le titre courant, qu'Ilya lut au vol. Il tenta de s'en saisir, elle le brandilla au-dessus d'eux, si haut qu'il dut s'arc-bouter au dossier du canapé pour l'atteindre. In extremis, elle lâcha le papier qui échoua sous le meuble, et se contorsionnant un peu plus, agrippa l'interrupteur de la lampe. Elle s'emmêla dans le fil et la lampe bascula, l'ampoule et le verre aux liserés de chrome se brisant au sol.

Alors ils furent immobiles. La chambre baignait dans une lumière d'avant le jour, où le bois du mobilier, le vernis du parquet avaient l'apparence d'une moire lisse et sombre, et les blancs luisaient d'un éclat presque douloureux, se dit Ilya, la peau de la jeune femme, le nacre de ses dents, sa paume qui enserrait la bouteille et qu'il lui prit d'un geste lent. Leurs doigts se frôlèrent, il étancha sa soif d'alcool, qui lui parut extraordinaire, comme s'il ne pouvait se permettre de redescendre, l'ivresse faisant tampon entre sa conscience et sa mémoire blessée. De même, elle n'était pas étrangère aux oscillations de son désir, l'alternance d'un repli qui confinait au dégoût et d'un entraînement contraire, le visage de Tilda à dépouiller de sa morgue, sa gorge à maltraiter, sa bouche à meurtrir.

Comme il avalait une nouvelle gorgée, elle attrapa son poignet et le liquide se déversa sur son menton et dans son col. Il s'étrangla de surprise, elle recommença à rire, la tirant par les cheveux il renversa sa tête et vida entre ses lèvres le reste de la mirabelle, la liqueur incolore cascadant sur sa langue. Elle toussa à son tour, sa joie mauvaise cédant à un courroux qui la fit rougir violemment et dont il ne devinait s'il était sincère ou feint, l'un et l'autre peut-être, et il sourit à ce spectacle. Une alchimie était à l'œuvre, refléta-t-il; d'un coup, le plaisir passait dans son camp. Elle le gifla à toute volée, il entendit craquer les vertèbres de sa nuque et perdant l'équilibre, il chavira sur le plancher.

Sa tempe bourdonnait, sa pommette était brûlante, elle fondit sur lui et lui mordit l'oreille au sang. Il réprima un cri, referma ses mains sur son cou et refoula l'assaut. Ils bataillèrent un moment, chassant les éclats de verre dont ils étaient environnés, leur échauffourée joyeuse et haletante. Ilya réussit à la culbuter sur le dos et se retrouva sur elle. Il fit glisser sa robe, libéra ses bras et continuant de tirer sur l'étoffe, la dévêtit jusqu'au nombril. Peu à peu, elle arrêta de se débattre, la tête jetée de côté, le regard vacant. Il acheva de la déshabiller, la déchaussant, les pointes de ses talons claquant sur le plancher où il les déposa, avant de rouler ses collants le long de ses jambes et de dégrafer son soutien-gorge.

Sa passivité aiguisait son désir tout en le déconcertant. Il ne savait si elle jouait encore ou s'était retirée en elle-même pour le laisser agir à sa guise. Comme il ôtait le balconnet, elle sortit de sa léthargie pour se cacher les seins, une des aréoles lui demeurant visible, d'un pigment rose pâle, son pourtour grenelé distendu entre ses doigts. Dans la pénombre, son corps luisait tout entier, un grain de beauté sur l'aine, un autre à l'intérieur d'une cuisse, et son ventre se soulevait avec sa poitrine au rythme de son souffle, la peau sur ses côtes s'écartelant chaque fois qu'elle inspirait.

Il appuya une main contre sa joue, déformant son profil, et pressa l'autre contre son sexe. Elle grogna, une plainte qui n'avait rien d'humain, pensa Ilya, comme si, la caressant, il la lacérait, et qu'elle appelait tout le mal qu'il pouvait lui infliger, l'appelait avec bonheur en même temps qu'avec haine. Un tel bonheur, une telle détestation, se dit-il, et dans l'un comme dans l'autre, ils étaient

libres de communier, ils y étaient même
condamnés, à s'aimer, à s'exécrer, à main-
tenir ce qu'il y avait en eux de plus haut, ce
petit nombre de rêves inconditionnels et
purs dont leur enfance avait confié la garde
aux êtres blessés qu'ils deviendraient fatalement, et ils étaient aussi ces avidités à fleur
de nerfs qui suppliaient en silence, mange-
moi, déchire-moi, surtout ne m'épargne pas,
fais de moi comme bon te semble. Bientôt
elle força sa langue à remplacer sa main et le
serra entre ses cuisses. Ainsi enfoui, il ne
percevait plus du monde qu'une pulsation
mate, le cognement de son cœur, avant que
se dégageant d'un brusque déhanchement,
elle le prît par les épaules et l'enveloppât
dans son étreinte. A l'étage inférieur, l'ora-
teur tonitruait, ses phrases sèches et brèves
comme des sentences, et comme des balles
tirées à bout portant, aussi définitives. Il eut
la sensation ridicule que l'homme avait cessé
d'interpeller son peuple pour ne plus
s'adresser qu'à lui seul et craignit un instant
de s'y perdre, tant sa force d'attraction était
implacable. Mais lorsque Tilda défit la boucle de sa ceinture, et que l'aidant à s'extirper
de son pantalon, elle l'attira en elle, la voix

perdit toute influence. Cramponnée à lui, elle se mit à ramper sur le dos, ses talons repoussant les lattes.

Il comprit trop tard le sens de cette migration laborieuse, un éclat de verre se fichant dans son genou, un second dans son coude. Ils étaient encerclés de brisures qui scintillaient dans l'obscurité, dardant vers le plafond leurs pointes minuscules. Au rictus qui la défigurait, à ses pupilles énormes, il sut qu'elle reposait sur un lit de tessons et qu'à chacun de ses mouvements il l'entaillait davantage. Il lutta pour se relever et ne parvint qu'à la blesser plus encore. Elle le retenait avec une telle force, qu'il finit par renoncer, ses avant-bras et ses paumes aux écorchures sans nombre, et retomba sur elle comme dans un rêve lucide et sans issue. Il lécha les larmes qui humectaient sa bouche et l'arête de son nez, la sueur à son front formait comme des gouttes de rosée, c'était l'aurore, sur la cime des arbres comme dans le blanc de ses yeux à demi révulsés, il l'aimait en silence et ne pensait plus.

Le temps des premiers couplets, il ne prêta pas attention aux paroles qu'elle chantonnait entre deux plaintes, ses lèvres frôlant le lobe de son oreille, son timbre rocailleux, et quand il en prit conscience, s'imagina d'abord la proie de la petite fille fantôme, et pour l'éconduire redoubla d'ardeur. La voix pourtant refusait d'en démordre, pleine de sarcasme, et déraillant sur chaque note un peu trop aiguë, et dans les graves devenant aphone.

> *Un fagot pour la fille*
> *Qui attend sous ton toit*
> *Que l'hiver passe*
> *Contre elle le roi du monde babille*
> *Ne connaît chaud ni froid*

Il empoigna ses fesses et la retourna sur le sol, des débris fusant en tous sens. Désormais, c'était dans ses vertèbres et ses reins que pénétrait le verre, et il eut l'impression, la voyant penchée sur lui comme dans une gloire, son visage éclairé par l'aube, qu'il était elle, qu'elle était lui, qu'il l'accueillait en lui et portait son visage. Fredonnant, elle modulait les sons à outrance, gouaillant et sur le point de rire.

Un adieu à ma mère
Un baiser à ma place
« Fais ta valise ! »
On lui a dit avec son frère
A l'aube on me l'a prise

Et subitement, il saisit la réalité dans toute son horreur, qu'elle s'était substituée à la petite fille dont la cantilène le tourmentait depuis sa course éperdue vers le Mur. A son tour, il lui administra une claque cinglante qui la fit lâcher prise et se pelotonner au milieu des débris, son dos barbouillé de sang, ses mains autour du crâne. Lui-même alla s'appuyer contre la causeuse, et comme il retirait de son pouce un morceau d'ampoule, un tonnerre d'applaudissements retentit du rez-de-chaussée. Le chancelier avait conclu, songea-t-il dans un brouillard, les festivités pouvaient reprendre leur cours. Et de fait, le pianiste attaqua sur-le-champ une gigue que la rumeur des conversations eut tôt fait de recouvrir. Du bout de ses doigts, Ilya effleura le bord d'une feuille de papier. C'était l'article de journal que la jeune femme s'était amusée à brandir au-dessus de lui. L'approchant de ses yeux, il n'arriva à déchiffrer que le titre : « Incident au Konzerthaus ». Le nom de la salle éveilla en lui une angoisse sourde. Mais son désir de savoir était plus fort et se redressant, il se traîna jusqu'à la fenêtre où la coupure en caractères gothiques devint tout juste lisible :

« Un incident s'est produit hier soir au Konzerthaus où avait lieu la création mondiale de L'Enfant pâle, *suite pour orchestre et chœur d'enfants de Gustav Anders, dont nous avons eu la douleur d'annoncer la semaine dernière la disparition. Au milieu du concert, le chef d'orchestre américain invité à diriger la Philarmonie a été pris d'un malaise et a dû être transporté d'urgence à l'hôpital, laissant inachevée l'exécution de la pièce. Juste avant de s'évanouir, on rapporte qu'il aurait prononcé les mots : "Où sont-ils ?" Peut-être se demandait-il où avait fui une bonne moitié de l'auditoire, au rang desquels de nombreux membres éminents du gouvernement et du Parti. Plusieurs commentateurs et membres de l'assistance y ont d'ailleurs vu la dernière note involontaire et pitoyable d'une ultime tentative de renaissance*

qui risque bien de valoir au compositeur un discrédit définitif.

« *Depuis 1908 et le triomphe de son opéra* L'Enlèvement de Psyché, *il est indéniable qu'Anders a su comme aucun de ses confrères contribuer au rayonnement du génie musical national. De sang purement germanique, connu pour son caractère franc et sans vaine sophistication, il a, en trente années d'une carrière féconde, offert à ses compatriotes et au monde un ensemble d'œuvres exaltant les valeurs essentielles de notre peuple. Son travail était notoirement exempt des influences israélites dont une petite clique de musiciens tentant de faire oublier leur parfaite médiocrité tant artistique que morale a su tirer un prestige qui ne dupe personne, nous voulons parler des tenants de l'atonalisme autrichien (pourquoi ne pas appeler un chat un chat et parler franchement d'antitonalisme, puisque c'est bien de cela qu'il s'agit : la volonté de jeter bas ce qui a fait la grandeur de nos compositeurs historiques, de Bach à Wagner, et le caractère éternellement édifiant de leurs œuvres), de ce mouvement comme d'écoles aux noms plus barbares encore.*

« *Ces variations sans thème, issues d'un même formalisme aride et dégénéré n'ont Dieu* merci pas trouvé droit de cité dans l'écriture de Gustav Anders du moins tant qu'il eut conservé la pleine jouissance de ses facultés. Décédé des suites d'une longue maladie nerveuse, Anders avait en effet multiplié ces dernières années les expérimentations douteuses, s'attirant les justes reproches de ses confrères et de la critique. Il n'est pas difficile de voir, et les déclarations de son frère l'altiste Rolf Anders vont tout à fait dans ce sens, qu'à ce fourvoiement progressif, l'aggravation de son mal n'était pas étranger, et l'on s'attendait à ce qu'il finît comme d'autres avant lui par partir s'installer en Angleterre ou aux États-Unis d'Amérique, où, en proportion inverse de la qualité des partitions, sa popularité n'avait cessé de croître.

« C'est pourquoi nous nous étions grandement réjouis à la nouvelle d'une œuvre orchestrale promettant de renouer avec les bases harmoniques solides de ses œuvres passées et cette qualité d'âme admirable entre toutes, qui fait de nous, comme on l'a affirmé avec raison, le premier peuple musicien de la terre. Et nous mettions le plus grand espoir en son retour au premier plan de la scène culturelle. Or, force est de reconnaître que nos attentes furent déçues et que si, comme l'a soutenu le chef du département de la Culture

171

Albert Rosenkrank, Anders avait pris sa retraite après sa superbe Troisième Symphonie, *il se serait épargné ainsi qu'à ses contemporains le spectacle d'une déchéance qui ne fait honneur ni à son talent ni à notre époque de reconquête spirituelle.*

« *Cet* Enfant pâle *certes fait pâle figure et nous inflige dès les premières mesures un épouvantable galimatias de rythmes perpétuellement changeants et de dissonances qui semblent autant de grincements de dents amplifiés. Le pauvre chœur mixte y est pris en otage, l'on croirait à une punition collective, ce qui se voit d'ailleurs sur les visages. Les textes des parties chantées, narrant dans un style sans queue ni tête l'errance d'un enfant abandonné dans un univers de conte à la symbolique de pacotille, ne sont qu'une longue pleurnicherie mise en vers et l'on donnerait beaucoup pour comprendre à quoi le librettiste veut en venir. Quant au jeune chef d'orchestre, l'Américain Ilya Moss, qui a créé dans son pays quelques-unes des œuvres ultimes d'Anders à la tête de l'orchestre symphonique de Pittsburgh, il n'a sans doute jamais été mieux inspiré depuis qu'il collabore avec Anders que lorsqu'il s'est inopinément effondré parmi les violons, abrégeant l'agonie de*

172

*l'assistance et des exécutants, et faisant preuve
sans le vouloir d'un tact... »*

Ilya lâcha le papier et ferma les yeux. Un
moment, il observa le ballet des phosphènes
et des petits caractères d'imprimerie qui
flottaient de-ci de-là sous ses paupières, et
comme lui revenait l'air d'ouverture du
deuxième mouvement – cette frêle mélodie
isolée dans le silence, pour flûte seule
d'abord, puis relayée par le hautbois –, il se
rappela l'amphithéâtre, la chaleur des spots
allumés dans les cintres, les pages du conducteur ouvertes sur son pupitre. Face à lui,
les rangées des instrumentistes, et en sur-
plomb derrière eux, formant un mur de leurs
costumes bleus, les enfants, filles et garçons,
attentifs aux petits cercles qu'il traçait dans
l'espace de sa baguette. Quelques mesures
encore, leurs bouches s'ouvrirent comme
autant de trous noirs, quelque chose n'allait
pas, pensait Ilya, quelque chose n'était pas à
sa place, de ces quarante cavités sombres
dans un instant jaillirait le chant le plus pur,
mais il ne voulait pas l'entendre, il voulait
s'enfuir, le dos trempé d'une sueur glacée et
dans son regard embué les portées soudain

se dédoublaient, coulaient les unes dans les autres ; n'y avait-il personne pour le sauver, n'était-il pas un enfant lui aussi, le plus jeune d'entre eux, le plus vulnérable ?

Un jour il était tombé d'un arbre derrière la haute grange et la voisine l'avait relevé, avait serré contre elle son corps sanglotant, son petit corps d'anguille, disait sa mère, son petit corps de singe, l'avait serré contre elle et l'avait consolé, et dans la salle de cinéma son père l'entourait de son bras chaud et lourd, sa tendresse plus vaste que le monde, où celui-ci finissait elle rayonnait toujours, plus grande que le monde la tendresse de son père. Un jour il était tombé, un jour il avait eu une forte fièvre, un jour il avait pleuré la mort de son chien. Là-bas, très loin lui semblait-il, se tenaient les enfants, auréolés de leurs visages si clairs, comme des bougies allumées pour une fête, ou parce que quelqu'un allait mourir, ou parce qu'il était déjà mort.

« *Un sou pour mon ami...* » entonnèrent-ils, tandis qu'un autre chœur s'élevait en lui, et qui, brouillant le premier, menaçait de lui faire perdre tout contrôle sur l'orchestre : « ... *Yèhé léhone oul'khone sh'lama rabba...* »,

174

psalmodiaient les hommes de leurs voix basses et sépulcrales, « *...'Hinna vè'hisda vè'ra'hameï vè'hayyeï arikheï... Um'zoneï révi'heï oufourqana... Min qodam avouhon di'vishmayya... Vè'imrou amen.* »

D'où surgissait-elle, cette prière, chantée dans une langue dont il ne comprenait pas un mot ? L'avait-il dirigée, ou récitée lui-même en quelque occasion lointaine ? Voyant se dresser la forêt des archers, il chercha à se ressaisir, mais il n'était plus temps. Une dernière fois, il se força à contempler les membres de la chorale, et parmi eux, ces figures trop hautes, trop épaisses, qui n'avaient rien à y faire et, misérablement reléguées au dernier rang, constituaient un quart au moins des effectifs, falsettistes et jeunes femmes, habillés aux couleurs de la maîtrise, et dont les visages adultes étaient autant d'insultes et de présages affreux. Où sont les enfants ? se demanda-t-il, l'orchestre comme une houle, son bâton de mesure le minuscule esquif qu'elle s'amusait à ballotter avant de l'engloutir.

« Où sont-ils ? » répéta-t-il tout haut, et sans doute son esprit choisit-il cet instant pour déclarer forfait et le précipiter de l'estrade. Le grand cri de l'assistance. Sur un manche arraché un tortillon de cordes. Partout autour des morceaux d'éclisses.

« Par ici », dit une voix, l'emportant. La logeuse le précédait dans le couloir, une vieille femme aux épaules revêtues d'un châle plein de trous et chaussée de sabots. Elle avait guetté son apparition depuis le porche de l'immeuble, une masure située au fond d'une impasse qui longeait des voies de chemin de fer, et l'invitant à la suivre, l'entraîna à travers la cour intérieure. Près d'une remise où étaient garés des vélos, était répandu le contenu de plusieurs poubelles. Des chiens se repaissaient des immondices. Depuis son arrivée, une semaine plus tôt, il pleuvait sans répit, et la courette, comme l'itinéraire qu'il empruntait chaque matin pour se rendre de son hôtel au Konzerthaus, était pleine de flaques que les égouts ne parvenaient plus à drainer.

C'était une semaine avant le concert, de cela il était sûr : l'après-midi même il avait fait répéter les enfants pour la première fois, maudissant Anders qui ne donnait toujours pas signe de vie. Son épouse était furieuse, l'imaginant en virée avec l'une de ses maî-

tresses, son frère Rolf cachait mal son inquiétude, et sur son insistance, avait fini par
lui confier la lassitude grandissante de Gustav, soumis après l'annonce de sa nouvelle
création à une campagne de diffamation
comme aux pressions quotidiennes du ministère. Et il ne comptait plus les lettres de
menace et les coups de fil dans la nuit. On
exigeait du compositeur un hymne à la gloire
du régime. Tourmenté au point qu'il craignait de sortir de chez lui et n'écrivait plus
une note, il s'était ouvert par voie de presse
d'un vague serment d'allégeance qui ne lui
avait valu que de nouvelles mises en garde.
En désespoir de cause, il s'était affilié au
Parti. Pas une heure n'avait passé dès lors,
lui raconta Rolf, que Gustav ne se blâmât
pour sa lâcheté.

Ils atteignirent le bâtiment du fond et gravirent un escalier raide qui puait l'urine et la
graille. Il pensa qu'il avait peut-être eu tort
de venir. L'homme qui s'était présenté à la
sortie des artistes, l'enjoignant de se rendre,
toutes affaires cessantes, au 12 de la Schef-
flerstraße, avait refusé de se nommer, et
s'était sauvé aussi vite. Mais il se dit aussitôt
qu'il n'avait guère le choix. Au deuxième

étage, la concierge frappa à une porte qu'elle ouvrit dans la foulée. Une pestilence s'en échappa qui manqua le suffoquer, et se couvrant le nez de son mouchoir, il sentit les battements de son cœur comme autant de coups de boutoir.

« Il avait payé pour huit jours », dit la vieille que l'odeur ne paraissait pas rebuter, et qui s'effaça pour laisser entrer Ilya. Il vit tout de suite le cadavre, Anders pendu à la canalisation qui courait sous le plafond de la chambre, la chaise renversée à ses pieds, et à quelques pas, assise au bord du lit, une femme à la silhouette parfaitement immobile. Elle était vêtue d'un ample manteau noir où brillait une perle, nota-t-il, et d'un chapeau qui dissimulait son front et ses yeux. Quand il se rapprocha du mort, elle resta sans bouger. Entre ses mains gantées, elle tenait un parapluie dont la toile avait dégoutté sur le sol.

Anders n'avait plus de visage. A sa place, une espèce de sac violacé sur lequel sa langue, ses narines, ses globes oculaires semblaient avoir été greffés comme sur un mannequin de cire pour leur effet grotesque. Les lividités avaient gagné ses doigts, et l'un de

178

ses mocassins reposant sur le plancher près de la chaise, Ilya examina la chair boursouflée qui dépassait de sa chaussette, fasciné malgré lui, et tentant en vain de se persuader que cette chose nauséabonde en costume trois pièces, la chaîne de sa vieille montre épinglée à son gilet, l'alliance à son majeur gagné par la nécrose, était son ami. Il se tourna vers l'inconnue qui, faisant grincer le matelas, avait tiré de son manteau un étui à cigarettes. Alors qu'il cherchait son briquet pour lui offrir du feu, il perçut, provenant de la rue, la voix fluette d'une enfant. Elle chantonnait une comptine. Son triste fredon l'émut d'une façon indescriptible. C'était comme si, sans le savoir, la fillette s'adressait au mort, qu'elle prononçait son éloge funèbre, ou peut-être, témoignait en son nom, révélant son secret à ceux qui avaient encore des oreilles pour entendre et le veillaient, la jeune femme, lui-même, la logeuse sur le seuil. La langue dans laquelle l'enfant chantait était secrète elle aussi, en lieu d'une parole un doux babil d'où parfois émergeait une syllabe, la pointe d'une consonne, mais bien trop fragile pour que s'y formât le moindre mot.

179

Suspendant son geste, Ilya rejoignit la fenêtre et s'y pencha. Personne. La ruelle, à droite comme à gauche, était déserte. Une grille longeait le trottoir d'en face, prévenant l'accès à un terrain vague au-delà duquel s'alignaient les rails, et pas l'ombre d'une petite fille parmi les herbes folles. Pourtant elle chantait toujours. Il fit un pas en arrière, certain que l'acoustique des lieux lui jouait des tours. Il essaya de repérer d'où provenait la voix, de l'appartement voisin, pensa-t-il, à moins qu'elle n'émanât de l'étage supérieur, par un conduit d'aération ou le tuyau du poêle. Coupant court à ses conjectures, la chanteuse se tut brusquement, en même temps qu'éclatait un son aigu. Où le caillou avait frappé la vitre jaillit une étoile, ses rayons raccordés par des cercles concentriques et dessinant devant lui comme une cible de verre. Ilya fixa le carreau, hébété. Dehors, quelqu'un fuyait à toutes jambes, le claquement de ses chaussures sur le pavé s'amenuisant peu à peu.

9

Ilya était accroupi sur le parquet, ses bras autour des genoux, l'article du journal roulé en boule entre ses bottes. La brise baignait ses blessures, vives comme des piqûres de guêpes, et l'en soulageaient quelque peu. Tilda venait de se lever. Ramassant sa robe, elle tituba dans le couloir et disparut par une porte, celle de la salle de bains, comprit Ilya, au soudain sifflement du robinet. La minute suivante, il se contenta d'écouter le bruit du jet d'eau qui éclaboussait l'évier et les rires, les exclamations joyeuses, l'éclat des coupes entrechoquées qui montaient de la salle de bal. Puis elle fut de retour, maquillée de frais et dans un nouvel ensemble, composé d'une jupe courte et d'une veste sans col, et qui lui donnait un air de garçonne. Elle serrait dans sa main une houppette à poudre qu'elle balança sur la causeuse, où elle s'affala. Il crut qu'elle allait s'endormir, mais l'instant d'après, elle sortit de sa torpeur, et attrapant ses souliers, se rechaussa.

« Les enfants... » commença-t-il, et n'alla pas plus loin. Tilda, écoute-moi, j'ai tant à te dire, tant à avouer, presque rien à dire, cela tiendrait en quelques phrases, cela tiendrait en toute une vie, écoute-moi, parce que tu es là, que la nuit va finir, qu'un grand duc hulule dans le parc, que c'est l'heure et que c'est toi. Je suis un homme sans courage, je vis à travers d'autres et dans le miracle de leur création, je ne vis pour personne pas plus que pour moi-même, j'erre loin de ma maison qui n'a ni toit ni murs et dont je ne me rappelle l'adresse qu'au plus profond de mon sommeil. Sur moi la bénédiction de l'être, sa promesse infinie, je l'ai persuadée à me suivre par la ruse, je l'ai attirée dans un lieu plus sombre que la plus sombre des caves, là je l'ai violée, froidement, avec mé-thode, toujours elle demeure vierge et tou-jours je la viole, je m'acharne sur elle, elle ne m'en veut pas, elle ne le sait même pas peut-être, cela décuple ma colère, je la frappe mais elle n'a pas de corps, je l'étrangle mais je ne trouve pas mes mains, elle est sauve, je ne la blesse pas plus qu'une lame ne blesse l'eau où elle s'enfonce, d'où mon éternelle rage, et mon accord tacite avec la loi du monde, mon regard qui se détourne, mes propres pas en fuite, ayant compris depuis ma première trahison que seul l'intact appelle le sacrifice et qu'il faut bien s'y résigner, n'est-ce pas?, se convaincre et laisser croire qu'à force de souiller la terre, d'assassiner enfants, rêves et bêtes, on finira par trouver le chemin de cette intimité absente, et qui ne connaît aucun mal, pour la corrompre enfin. Tout sera simple dès lors, plus d'empêchement, plus de résistance, rien qu'un perpétuel effondrement et plus même de temps pour en calculer la chute. Écoute, c'est mon histoire, l'humanité elle-même n'en aurait pas d'autre si parfois elle ne prêtait l'oreille au gazouillis d'un nouveau-né, ne se laissait dénuder par le regard d'un chat, n'accouchait d'un poème, d'une danse, d'un chant qui la fissent rabattre de son immense hargne, ou si parfois elle n'avouait un amour.

Ilya voulait lui parler de la mort d'Anders, il voulait qu'elle respirât l'odeur de son cadavre, et comme lui détaillât les lézardes sur la vitre. Il désirait la prendre par la main, et qu'elle l'accompagnât dans les coulisses de la salle de concert, sur le plateau où les instrumentistes ouvraient leurs étuis et dépliaient leurs partitions sur les pupitres, le bourdonnement des embouchures, les crins frottés de colophane, qu'elle connût tout cela, et vît les enfants remonter un matin l'allée centrale du parterre. Il y avait cet homme du ministère, l'imposant Görlitz, dans son imperméable de cuir et sous son feutre mou, qui ne manquait pas une répétition, et pour peu que sa gorge se dénouât, il lui raconterait le jour où il l'avait attendu dans sa loge et il lui avait exposé le problème, ce ton gêné que démentait d'involontaires sourires, aussi brefs que des clins d'œil et comme eux vendant la mèche, les taches de doigts sur ses lunettes. Il lui répéterait ses paroles avec exactitude, gravées en lui comme les noms des enfants qu'Anna Jaffe lui avait murmurés le soir même à la porte de son hôtel, implorant son aide, Eva Jaffe, Fanny Pietrkowski, Frieda Hartstein,

184

Eugenie Peschkin, Arthur Oppenheim, Selma Oppenheim, Walter et Inge Schmoller, Alfred Beer, ces noms qui à Wedernoch des mois durant le réveilleraient dans un cri.

Et elle lui pardonnerait le désordre de ses souvenirs, son incapacité à les faire se succéder, d'une mesure à la suivante, à en diriger le cours, la supplique d'Anna Jaffe, l'avertissement de Görlitz, qu'une partie de la chorale allait être substituée et qu'il se chargeait de trouver des remplaçants, tous d'excellents éléments, dans les plus brefs délais, la crise de nerfs de la répétitrice, le soir du concert, robes décolletées, fracs et brassards, le soleil noir sur une grande banderole accrochée au premier balcon, la voix blanche d'Anna Jaffe, les soupirs compatissants du fonctionnaire, de plus grands intérêts étaient en jeu, les décisions étaient prises dans l'intérêt de tous, et si ce décret interdisant aux artistes d'origine juive de se produire était dans certains cas fâcheux, il ne saurait être question d'y contrevenir, la chorale comptait bien parmi ses membres un petit nombre d'enfants israélites, mais qu'il n'en perdît pas le sommeil, ils seraient relocalisés dès le lendemain avec leurs familles. Il lui dirait ses appels au

185

ministère, ses câbles restés sans réponse, la demi-journée perdue dans une salle d'attente, le magnifique unisson du chœur dans l'andante, sa place sur le vol du soir et ses valises faites à la va-vite, la visite d'Ingrid Anders, « pour l'amour de Gustav, il vous a choisi, vous et aucun autre, il vous regarde, tous il nous regarde, ne le trahissez pas », dehors des feux d'artifice, une parade, vous n'aurez plus jamais faim, vous n'aurez plus jamais soif, un nouveau monde, un nouveau monde !, et maintenant que tu sais, délivre-moi.

Dans la lumière du petit jour qui rasait le sol, les tessons avaient un aspect de porcelaine blanche. Tilda était à genoux devant lui, et frissonnait. Elle porta un verre aux lèvres d'Ilya et le fit boire.

« Viens ! dit-elle, tu vas nous jouer quelque chose. »

Ils descendirent l'escalier, la rumeur de la fête gonflant tandis qu'ils longeaient la galerie, et passèrent de l'autre côté du paravent, dans ce qui parut à Ilya le ventre d'une immense cave. Le salon, aux rideaux hermétiquement clos, était éclairé par des centaines de bougies et de photophores disposés sur les meubles et le parquet. Une fumée dense flottait au plafond, arrondissant ses angles, et l'assemblée était nombreuse, des soldats pour la plupart, vêtus comme lui d'uniformes bleu-noir. Parmi eux, les femmes, en petit nombre, se distinguaient par leurs toilettes colorées et la pâleur de leurs bras nus, ici le lustre d'un sautoir, là un pan de soie chatoyante, le camaïeu d'une épingle, l'éclair d'un rubis. Tilda prit la main d'Ilya et s'engouffra dans la foule.

Quelqu'un lui tendit une coupe, un autre lui tapa sur l'épaule, un officier corpulent, appuyé au poste de radio, l'interpella bruyamment, et dans la brume qui emplissait la salle, Ilya crut reconnaître sa face rougeaude. Elle marcha droit sur lui, et sans lâcher la main d'Ilya, lui glissa au creux de l'oreille un mot qui un instant le médusa, remarqua Ilya, avant de le faire rire. L'homme hocha la tête et claqua des talons : « Enchanté, enchanté, dit-il. Quand nous nous sommes vus dehors, je savais que votre visage m'était familier. Tilda a de drôles d'idées, mais pas de doute, pas de doute, l'uniforme vous va à ravir.

— Colonel Hortfeuer, maestro Moss, dit Tilda. Le colonel est une des grandes huiles du ministère de la Propagande. N'est-ce pas vrai, Rainer ?

— Oui, oui, répondit Hortfeuer d'un air légèrement égaré. Il y a tant... comment dire... de faits à rétablir, voyez-vous. Et il faut diffuser la bonne parole au plus grand nombre. Si le Christ et ses apôtres avaient disposé... »

Il ne put finir, deux autres officiers venant encadrer le colonel, que Tilda présenta comme deux hauts responsables des finances, le baron Effetin et le sergent-major Zorsky. « Monsieur Morse nous fait le plaisir de bien vouloir interpréter pour nous un petit quelque chose, dit Hortfeuer.

— Moss, corrigea Ilya, mais sa voix fut couverte par l'éternuement d'une femme assise derrière lui dans un fauteuil. Le maestro sort tout juste de convalescence, repartit Tilda, caressant de ses ongles la paume d'Ilya.

— Nous sommes au courant de cette fâcheuse affaire, dit Effetin.

— Fâcheuse affaire, fâcheuse affaire, enchérit Hortfeuer.

188

— Et heureux de vous voir de retour dans la société des hommes, continua le premier. Et puis, si l'on y réfléchit, c'est tout à votre honneur. Anders étant un musicien tout bonnement inaudible, comment le jouer sans se trouver mal ?

— A moins de partager ses vues, dit Zorsky.

— Si c'était le cas de monsieur Moss, il ne serait assurément pas des nôtres ce soir », répliqua Effetin, ce que contredit aussitôt Hortfeuer : « Ce matin, ce matin !

— C'est vrai, dit le baron, consultant sa montre. Il fait jour. »

Tous se tournèrent vers les rideaux fermés pour confirmer l'information, sauf le sergent-major qui demanda : « Vous ne partagez donc pas l'esthétique de monsieur Anders ?

— Voyons, dit Effetin, soyons fair-play, voulez-vous ? Monsieur Moss a déjà payé le prix de son association.

— Il a fait un séjour de santé dans les environs, dit Tilda, et il se porte maintenant comme un charme.

— Peut-être même envisage-t-il d'entrer dans la Section ! » dit Hortfeuer, et éclatant de rire, il entrechoqua son verre contre le sien.

Les deux autres visiblement ne trouvaient pas la sortie du meilleur goût, pensa Ilya, lorsqu'une clameur accueillit l'entrée d'un groupe de soldats, l'un d'eux tenant sous le bras un masque de loup blanc et un havresac dont il se déchargea sur le piano à queue. Le maître de cérémonie, pensa Ilya, et devant sa réaction stupéfaite, Tilda lui chuchota : « Pourquoi chercher à tout comprendre ? Dansons plutôt. »

Le pianiste s'était aventuré dans une viennoise de Strauss, et déjà des couples se formaient au milieu du salon. Tilda passa son bras sous celui d'Ilya, mais Zorsky, qui avait observé la manœuvre, s'interposa. « Vous m'aviez promis la prochaine valse, dit-il, et monsieur Moss a de toute évidence besoin de se reposer. » Il eut un bref hochement de tête, claqua des talons, et la mâchoire serrée, lança à Tilda un regard qui ne souffrait pas de contradiction. « Comment ai-je pu oublier ? » dit-elle. Sans quitter Zorsky des yeux, elle caressa alors les cheveux d'Ilya. Son geste enflamma les pommettes du sergent-major. Il l'entraîna vers la piste, et le baron s'étant entre-temps éloigné en compagnie de Hortfeuer, Ilya fut laissé à lui-même. Il discerna à quelques pas le velours d'un divan, et se frayant un chemin parmi les invités, s'y abandonna.

Sur le siège voisin du sien somnolait un civil aux tempes grisonnantes, un cigare éteint entre les doigts. Il le considéra un moment, avant de reporter son attention sur la gueule du loup, le grand clou qui la perçait de part en part, ses orbites vides. Il se sentait à la fois séduit et, plus sourdement, horrifié par son spectacle. Peu à peu, il fut saisi du désir compulsif d'extirper la pointe de métal de ses chairs embaumées. Alors il pourrait se relaxer, la nuque contre le dossier du sofa, alors le temps serait rentré dans ses gonds, il s'assoupirait, bercé par le tourbillon de la musique et des voix. L'homme à ses côtés avait rallumé son trabuco, et il ne se rendit pas tout de suite compte qu'il s'adressait à lui.

« C'est une histoire que j'ai entendue dans mes jeunes années, disait-il, son élocution cotonneuse, comme funambulant sur le fil qui sépare le sommeil de la veille. Toute l'humanité est rassemblée avant la Création et c'est l'heure de l'appel. Seulement, Dieu est un peu débordé, alors il demande à un de ses anges de s'en occuper. Il lui communique la liste des noms, et Il lui dit : "Celui qui n'écoute pas, qui ne dit pas oui quand c'est son tour, il naîtra sans son nom et il passera sa vie à le chercher, alors parle fort, que tout le monde soit sûr de t'entendre." L'ange prend la liste, il se rend dans la grande antichambre où les gens sont réunis et il passe toute la journée à les appeler... »

D'une pichenette, il répandit au sol les cendres de son cigare, et quand il reprit la parole, Ilya s'imagina la proie d'un nouveau délire. Si des sons sortaient bel et bien de sa bouche, celle-ci était close. Se moquait-il de lui en se livrant à un numéro de cirque ? Le phénomène lui sembla si extraordinaire qu'il vérifia qu'il en était l'unique témoin. Personne ne s'intéressait au monologue de l'homme au cigare, ils étaient même parfaitement isolés, le ventriloque dans son fauteuil, lui sur son divan ; quant à la femme qui avait éternué quelques minutes plus tôt, elle rythmait la mélodie de ses mains gantées et admirait les danseurs. Il décida de se lever sur-le-champ et de décamper au plus vite du château ; son corps refusa de lui obéir.

« Le soir, l'ange revient à Dieu, poursuivait le conteur, et il a l'air vraiment navré. Il dit : "Seigneur, il doit y avoir une erreur, il n'y avait qu'un nom sur la liste, le même nom encore et encore. – Quel nom ? dit Dieu. – Le Tien. – Alors qu'as-tu fait ? – Je l'ai répété, dit l'ange, répété, répété, et personne n'écoutait, alors je l'ai dit un peu plus fort. Et là, il y a ce fou, au fond, qui a répondu : 'Oui !' Et j'ai répété Ton nom. Et il a répété 'Oui !' Et chaque fois que je disais Ton nom, Seigneur, il répondait, toujours et encore, 'Oui, oui, oui'." Alors Dieu a pris la tête de l'ange entre ses mains, Il a planté ses yeux dans les siens et Il a dit : "Au fou, les clefs de Mon royaume." »

Ilya n'arrivait plus à respirer. Hoquetant, il essayait en vain de déboutonner sa veste, et si Tilda n'avait choisi cet instant pour reparaître et le tirer du sofa, il se fût certainement ridiculisé en s'évanouissant devant elle. Elle le conduisit vers le piano, le salon tournoyait, les flammes des bougies projetaient d'énormes halos qui se confondaient avec les taches des visages.

« Chers amis, dit Tilda, assez fort pour que tous l'entendissent et que le silence se fît. En préparation de cette date historique,

Joachim Lenz m'avait chargée personnelle-
ment et dans le plus grand secret d'une
mission. En son nom je vous offre donc cette
divine surprise, et vous prie de faire bel
accueil à notre distingué hôte, qui nous
revient de bien loin pour partager notre
victoire. Soldat d'une nuit et soutien de
toujours, Joachim vous dirait en personne de
quelle façon il a su, pas plus tard que tout à
l'heure, exprimer sa fidélité à notre cause et
à l'idéal aryen. Hélas sa santé, vous le savez
comme moi, ne lui permet guère de quitter
sa chambre, et il vous prie de voir en
monsieur Moss, de mère allemande, son
porte-parole, mieux, son porte-musique, si
l'on peut dire, le temps d'un récital
impromptu. Vous connaissez tous la réputa-
tion considérable d'Ilya Moss, comme chef
d'orchestre, et son profond amour de la
musique germanique. Et ceux qui en doute-
raient encore, je laisse au maestro le soin de
les convaincre. »

Les applaudissements furent rares et sans
conviction, et dans le cercle des visages, Ilya
se fit l'effet d'une pièce de gibier rabattue
par une meute. Les expressions, songea-t-il
confusément, étaient médusées, voire tout à

194

fait hostiles, mais il y avait pire que cette part visible, une odeur de défiance et de haine, moins corporelle que psychique et bien plus agissante. Son regard tombant sur Zorsky, au premier rang des convives, il marqua un recul. Sa jambe buta contre le tabouret du piano. Comme en rêve, il se vit s'asseoir et tourner les vis du siège pour le régler à sa taille. Il pressa doucement les touches et tout en éprouvant l'usure des feutres, eut l'impression que son angoisse diminuait quelque peu, et avant qu'il se fût demandé ce qu'il allait jouer, il s'entendit plaquer les premières notes.

Comme un doux glas dans le lointain, pensa-t-il, et plus près du cœur, comme on sollicite dans la nuit un inconnu de nous donner refuge, avec simplicité et sans préjuger de ses dispositions : je suis là, énonçait le motif descendant, sur un rythme pointé et un tempo lent, do sol sol, je suis là, tu peux me recevoir chez toi, ou je puis continuer mon chemin, c'est égal. Mais c'était le contraire aussi bien, entre donc, assieds-toi, il est tard, j'étais las, je l'avoue, maintenant ni toi ni moi ne sommes plus seuls, entre et installe-toi près du feu, tu l'avais oublié peut-être, hier nous étions amis et nous le sommes aujourd'hui, raconte-moi où tu es allé, ce que tu as appris au cours de ton voyage, et ce calme de la nuit, goûtons-le ensemble, qu'il soit pour nous une liesse, un baume, notre revoir et nos adieux. Beethoven, murmura Ilya, et il se crut sauvé.

A la quarte succéda une quinte et sous ses doigts la cellule initiale irradia, en toute sérénité, avec la tendresse d'une mère, et se ressourçant elle-même tandis que les notes suivantes étendaient les frontières de son royaume immensurable, se rassemblant un peu plus, comme si cela était possible, que le feu pouvait être plus feu et la paix plus paisible. Où elle venait à passer, la phrase renaissait déjà, et l'esprit d'Ilya prit son vol, couvrant d'un coup d'aile le territoire à venir ; plus tard se déchaînerait la tempête heureuse, l'urgence sans attente, l'espérance se prenant pour objet, et se déploierait l'horizon des trilles, la longue vibration dernière, plus tard la pointe de l'ut aigu et le retour au silence ; pour l'heure, cependant, n'existait encore que ce petit air de nourrice, cette ritournelle de vieil homme, leur oraison si désarmée et si clémente – le pétale unique

d'une rose, médita Ilya, et cette image affleu-
rant à sa conscience, il se perdit.

Au lieu d'enchaîner, il répéta le motif en
l'augmentant d'un demi-ton, et c'en fut fini
de la sonate. Il n'exerçait plus aucun contrôle sur le déroulement de l'exécution. Dans
l'erreur qu'il avait commise, ce simple déplacement, il sombra comme dans une brèche.
Il boucla la minuscule boucle et agrandit
derechef l'écart, le mi précédant le fa, et tel
un rongeur courant dans sa roue de fer, il
comprit qu'il s'était engagé dans le cercle
vicieux du chromatisme. Il releva la tête, se
retrouva face au museau du loup, et eut
cette pensée absurde qu'il pratiquait sur la
composition ce qu'il n'avait su faire pour la
bête, écartelant l'intervalle degré par degré, à
la façon dont on desserrerait une maxillaire
rebelle. Fa sol... fa dièse... le sol à l'octave ; le
temps d'une croche pointée et d'une double,
la tension s'annula, puis il retourna dans la
ronde, sol dièse, la discorde s'aggravant
toujours, et, sans qu'il l'anticipât davantage,
sa main droite initia une succession de variations pointillistes, où il ne tarda pas à
reconnaître les leitmotive réduits en miettes
de la symphonie d'Anders.

Sur le clavier chantaient les enfants dont il restituait les lieder à coup de citations tronquées, leurs voix conjurées et aussitôt passées sous silence, ressuscitées dans la foulée, leurs épiphanies réglées par l'ostinato, la dièse sol, si; une nouvelle série s'amorça, l'enfant pâle y affirmant son droit de cité avec une telle insistance que peu à peu, la progression sous-jacente en devint quasiment imperceptible. Sa tension ne cessait de s'accroître, et, dans l'espace ainsi ouvert, Ilya sentit une joie l'envahir. Il n'y avait plus d'ailleurs et sa peur n'avait aucun sens, pas le moindre argument auquel se raccrocher. Quelque chose avait soudain relâché son emprise. Il était libre, ses mains acquittées de toute obligation, sa volonté dispensée d'approuver comme de ruer. Une parole alors monta en lui, comme un feu se déclare, comme une vérité incapable de se contenir. Ilya se redressa. Il vit son auditoire plus méfiant que jamais, il n'en avait cure, tout était clair désormais, et s'avançant vers les invités, il prit la parole.

« J'ai toujours été, comment dire, en dehors. Je me tenais, mais c'était "là", vous comprenez?, je n'ai jamais senti qu'il en allait autrement de moi, et pourtant, pourtant je n'ai jamais cessé de croire qu'il devait exister une issue, une voie de sortie quelque part à tant de douleur, parce qu'être en dehors de soi, c'est l'inverse d'être dans le ventre de sa mère et de ne pas naître encore, c'est le contraire et malgré tout cela revient exactement au même; on est dans le monde, dans la rue, dans sa chambre, dans les bras d'une femme, dans le petit jour, dans l'ombre, on est dedans, et on sent bien que c'est provisoire, éternellement provisoire, on est en attente non plus de naître mais de sortir, et un enfant, un enfant que sa mère ne laisserait pas sortir d'elle, qu'elle garderait pressé dans ses entrailles et nourri au compte-gouttes de son corps, il doit sentir ce que je ressens et ce que toute personne ressent, même si cela demeure en deçà de ses pensées; à la vérité, cela constituerait même le noyau de ses pensées, le secret logé dans chacun de ses mouvements d'âme, ce qui ferait même qu'elle pense et qu'elle ressent, une espèce de repli premier, de recroquevillement insoutenable pour la conscience et qui permet tout le reste.

« Un enfant empêché de commencer sa

vie, d'inspirer l'air brûlant du jour et de hurler en retour tout ce qu'il porte d'espérance et d'effroi, il éprouve ce que j'éprouve, qu'il n'y a pas d'ailleurs, et cependant... C'est bien difficile à dire, c'est comme un arrachement, comme un accouchement impossible déjà que d'essayer de l'exprimer ; voilà, c'est dans les mots comme dans ce qu'on voit, ce qu'on touche et goûte et ce à quoi on songe, "cela", qui n'est pas quelque part et sans doute n'est pas non plus quelqu'un, vous comprenez ? – plutôt le prolongement infini et imperceptible d'un souffle.

« J'ai toujours été en dehors, je l'ai su, là où d'autres n'ont pas l'air de s'en inquiéter même s'ils vivent la même condition exactement, que nous ne sommes pas différents sous ce rapport, il n'y a même peut-être qu'une seule personne, qu'un dedans partagé entre tous, et ce serait ce qu'on nomme l'amour ou la bonté, ou le mal, un même mal, je ne vois pas trop que cela se distingue. J'ai toujours senti que j'étais dehors, et c'est l'évidence la mieux partagée, n'est-ce pas ?, la chose la plus bête qui soit, une sorte de lapalissade, de pléonasme ou je ne sais quoi, on dirait "Je suis" tout court qu'on dirait la même chose, sans avoir à affecter cet être d'un dehors, sans ouvrir de fenêtre dans ce mur puisque ce n'est pas un mur, c'est justement une ouverture et ce n'est que cela.

« Et voilà la folie ! Que ce soit si évident, évident, et pourtant personne n'a l'air de s'en préoccuper, ou bien c'est en passant, furtivement, comme on se volerait soi-même à la tire. Que cela soit vécu, impossible et vécu, que je puisse dire : une ouverture, voilà ce que je suis, comme on parlerait d'une rivière qui n'aurait qu'un seul bord. Et c'est la vérité, elle n'a qu'un seul bord, dès que je pense, c'est dehors, et tout ce que je fais se passe dehors, et tout ce qui m'est donné, tout ce qui nous est donné de faire, entre nous, entre l'univers et nous, c'est toujours dehors, et c'est me semble-t-il quelque chose de si dérangeant pour la plupart des gens qu'ils ont vite fait de se recréer un joli dedans, d'élever une cloison, puis une autre, de faire le tour d'eux-mêmes en s'emmurant, et d'appeler cette construction hâtive et pathétique "Moi", ou "Mon corps", alors que ce moi, ce corps, il reste là, dehors, exactement comme les habits qu'il porte ou la maison du voisin et rien ne change ! La question demeure entière et ne peut exister qu'ainsi, pleine, pleine à en crever, comme un fruit trop mûr, trop pleine pour accueillir une réponse, pour imaginer même une réponse possible. La question demeure seule, comme une rivière sans autre berge, ou la vie, dont on ne peut pas dire qu'elle a la mort pour autre rive – cette mort, qui en fait l'expérience ?

« Et quand on meurt, c'est toujours du point de vue d'un vivant, ce n'est jamais soi qui meurt, on est là, on le regarde le monde doucement s'assombrir, perdre ses couleurs, ses sons, ses parfums, et les visages penchés sur nous peu à peu et l'un après l'autre s'effacent, ils quittent la scène, ce sont eux qui s'en vont et l'espace qui se vide, ce n'est pas moi, et qui s'en émeut ? Ça, voyez-vous, ça me frappe : j'examine les gens, ceux que je connais, les inconnus, je scrute leurs traits à la recherche d'un étonnement, d'une douleur et d'une joie comparables à mon étonnement, ma douleur, ma joie, et le plus souvent je ne les trouve pas, si bien que je dois faire une drôle de tête, je dois avoir cet air ahuri que je traîne depuis l'enfance. Et à leur tour, me regardant les regarder, ils sont

frappés de stupeur, seulement ce n'est pas la
même stupeur, pas du tout, eux s'étonnent
que je m'étonne, moi je m'étonne qu'ils ne
s'étonnent pas, c'est une histoire de fous que
se raconte Dieu et dont je me dis que cet
autre part, derrière la porte, qui n'existe pas,
n'est peut-être que son rire.

« Parce que voilà, je me répète, mais c'est
que tout est là, tout ce qui se peut, tout ce
qui peut venir, tout par définition et rien ne
fait défaut à la présence, personne ne man-
que à l'appel, si vous préférez il ne peut y
avoir de lumière sans yeux pour la voir, ou
encore : il ne peut y avoir dc pensée de
monde sans pensée du monde. On peut juste
témoigner qu'aucune langue n'est susceptible d'exprimer ce cercle parfait, ce vêtement
sans couture, cette réalité qui pourtant nous
résiste, ne fait pas de nous des dieux ou des
fous. Tout est là et tout le monde, rien à
dire, et de cet ailleurs sans regard, sans
lumière, sans peau, sans espace, sans bruit,
on peut juste savoir qu'il n'existe pas, mais
comme si on entendait cette inexistence
activement, comme si on pouvait dire que
cela "inexiste", cela qui n'est pas et qui n'est
pas quelqu'un.

« Alors si j'ai voulu rallier le Mur, si je suis monté là-haut, c'était pour tenter d'aller au-delà, c'était peut-être pour ne plus avoir à continuer comme ça, dans mon effarement, dans ma terreur, dans ma gaieté, dans tout cela, dans ma colère aussi, dans mon attente infinie, et puis surtout dans ma parole, dans cette parole qui achoppe toujours à elle-même, qui se fait un croc-en-jambe, une jambe fauchant l'autre. C'était pour enfin peut-être me taire. Ou bien sortir de cette ronde, passer à autre chose, comprenez-vous ? Vivre. Enfin, j'ai cru, je ne sais même pas très bien ce que j'ai cru, mais tout est comme avant, merveilleusement et horri-blement tel quel.

« Et vous qui êtes là, ne voyez-vous pas ? Ne voyez-vous pas ? La peur vous habille, la peur pose sur vos cœurs ce baume qui les ronge, elle vous réveille le matin, elle vous couche le soir, elle plante son drapeau jusque dans vos rêves. La peur est ce soleil que vous ne quittez plus du regard et vous croyez regarder le soleil en face, vous imaginez soutenir sa lumière, mais c'est un soleil noir et ce n'est pas pour rien qu'il est noir. Vous voulez ce monde où plus rien ne vous aveugle ni ne vous échappe. Pour cela il vous faudrait le tenir tout entier entre vos mains, mais chaque instant défait vos ambitions, chaque instant un appel à reconnaissance et sur chaque instant votre peur déjà se referme. L'être dit : "Reconnaissance !", "Reconnaissance !", il ne cesse jamais de le dire, et la peur répond : "Possession !" Pourtant vous n'êtes pas dupes, ce tour de passe-passe chaque fois laisse une trace, et cette marque indélébile, vous passez votre vie à tenter de l'effacer, vous la frottez et la frottez encore, vous la couvrez de fard, d'argent, vous la couvrez de terre, mais elle demeure – où irait-elle ? Elle est comme un défaut dans un tissu, dans une pierre, elle est la vie même. Dans le visage de l'autre vous la surprenez encore, d'un homme ou d'une bête, cet autre est l'ennemi juré, vous le pendez au bout d'une corde, vous le brûlez vif, le visage heureusement survit au cadavre. Votre peur le sait bien, l'être qui n'est pas reconnu devient l'être qui vous hante. Où allons-nous ainsi ? Où allons-nous ? Nulle part, c'est certain, nulle part et tout autour une immense enceinte, et dans les miradors des sentinelles, nous étions des hôtes et ne sommes plus que des maîtres. »

Il se tut. Le silence était si complet qu'il entendit battre, à l'autre extrémité du salon, le balancier de l'horloge. Il chercha à repérer Tilda parmi l'assistance et ne la vit nulle part. Ses mains étaient moites, son visage baigné de sueur. Oubliant qu'il portait le vêtement d'un autre, il chercha son mouchoir dans les poches du pantalon et en tira la queue d'écureuil. Il la fixa un moment, comme hypnotisé, puis, sans réfléchir, la jeta au sol devant lui, et se précipita vers une des portes-fenêtres. D'un geste brusque, il écarta le lourd rideau et tourna la crémone. L'instant d'après, il fuyait, ses semelles crissant sur le gravier de la cour.

10

Il courut le long de l'allée et sur le pont, et
sans décélérer, emprunta la voie pavée, sa
surface étincelante après la pluie et sous les
rayons de l'aube. Il ne ralentit que lorsqu'il
fut hors d'haleine, et devina en contrebas, à
travers la feuillée, le clocher tors d'une église.
Il poursuivit son chemin d'une allure tranquille, observant la montée du jour, les fu-
meroles qui s'écoulaient des cheminées de la
bourgade et, ses ailes découpées sur l'azur,
les lentes girations d'un aigle. Il parvint
bientôt à l'entrée du bourg, pas une maison
en vue, mais un panneau dans l'herbe.
« Böhmwald », lut-il, et marquant une pause,
il fit volte-face.

Le Mur n'était plus visible, et c'était

comme s'il n'avait jamais été. Il ferma les yeux, prit plaisir à la caresse de la brise. S'abandonnant à sa rêverie, il évoqua les couloirs blancs de l'Institut Wedernoch, les conversations qu'il y avait eues avec un petit nombre d'internés à l'obsession commune, au sujet de la fortification oubliée, indifférente au temps et aux œuvres des hommes, les références obscures puisées dans les volumes de la bibliothèque, et le pendule de Stuckenschmidt, détendez-vous maestro, vous êtes sur le rivage, seul au milieu du paysage, le soleil se couche, autour il n'y a personne et plus rien ne peut vous atteindre, ne demeure que ce crépuscule, cette plage de sable fin, le soleil sur les vagues, je vais maintenant compter jusqu'à dix ; il songea à ces heures et au sexe de Tilda, sa fente si délicate, la béance de ses lèvres sucrées et son vague parfum d'urine. Puis il se remit en marche, le cœur léger, et ne prêtant pas gare aux traces des chenilles mécaniques imprimées çà et là dans les flaques de boue, pas plus qu'aux éclats des tirs et aux cris sporadiques en provenance du bourg. Une effusion de joie, se dit-il, une centaine de mètres plus bas et passant à proximité d'un hangar, consécutive à l'allocution radiophonique du maître de la nation. Il progressa même un peu plus vite, ce peuple était son peuple, ce monde était son monde, le pépiement des oiseaux, les arabesques des abeilles et des mouches au-dessus des graminées, le ciel, le vent.

La route le mena aux abords palissadés d'une fermette dont il imagina, à la mince volute fuyant du toit, l'intérieur tiède, une marmite sur les braises, peut-être, et les restes réchauffés d'une soupe. Comme il s'en rapprochait, il découvrit son erreur : la fumée ne sortait pas de la cheminée mais d'une fenêtre aux carreaux brisés. Du toit de la maison ne subsistait qu'un enchevêtrement de poutres calcinées. Et derrière la clôture se devinaient les restes saccagés d'un potager. Il y avait là un puits circulaire, une cruche posée sur sa margelle, et quelques roues brisées contre une murette, au fond du jardinet. Les ruines dégageaient une chaleur âcre, des débris informes jonchaient les plates-bandes et, dans le crépi il releva des impacts de balles.

Soudain, des déflagrations retentirent en une succession rapide, une plainte, une

brusque envolée de grives. « Non... Non... »
chuchota-t-il. Sa parole, bien sûr, fut sans
effet ; de nouveau quelqu'un hurla, de nouveau un coup de feu, et, juste derrière la haie
qui, en aval, délimitait l'enclos, le cadence-
ment de nombreux pas. A une cinquantaine
de mètres, la route en croisait une autre,
dont surgit une double colonne de soldats,
fusils à l'épaule, qui se dirigea vers le village.
« Non... Non... » répéta-t-il, portant à sa
bouche sa main tremblotante ; « Oui... Oui...
Oui » répondait la scansion des bottes, et ce
fut comme si le chemin était devenu un fleuve
où glissait une grande barge noire.

Il s'élança dans le sillage de la troupe, ne
sachant de quelle façon il allait pouvoir inter-
venir, mais résolu à ne pas laisser les événe-
ments décider pour lui une fois de plus, et
que s'il lui fallait le payer de sa vie, la perspective lui était infiniment moins pénible que
celle de continuer de se prendre pour une
ombre. A l'idée d'en découdre, il sentait
même son ardeur revenir en force, mourir
était bon, et plus gaie encore serait la fin s'il
réussissait à emporter avec lui deux ou trois
des assassins.

« Pour Anders ! » haleta-t-il, et comme on

égrènerait son dizainier, comme dans un renfoncement du Kotel, sur autant de bouts de papier on introduirait des prénoms au lieu de prières, ou comme faisant l'appel dans une cour d'école, pensa-t-il, son esprit s'enfiévrant tandis qu'il fonçait sur l'unité, il récita les noms des enfants : « Alfred Beer, Inge Schmoller, Walter Schmoller, Selma Oppenheim, Arthur Oppenheim, Eugenie Peschkin, Frieda Hartstein, Fanny Pietr-kowski, Eva Jaffe » ; il n'était plus celui d'avant, un petit homme perdu dans la tourmente de l'époque, il était la vengeance même, il était le souvenir et il était la gloire ; « Dieu m'est témoin, murmura-t-il, Dieu m'est témoin », et la route étant à cet endroit parsemée de cailloux et de branches, il trébucha sur une pierre et s'étala. Il se releva péniblement, les paumes et les genoux écorchés, à temps pour voir fuir les derniers fantassins dans une ruelle. Lui-même se trouvait à présent dans le bourg. De chaque côté, des habitations modestes et sans étage, certaines en flammes, d'autres aux portes enfoncées et aux volets en miettes.

Il boita vers la venelle où s'étaient engouffrés les militaires. Celle-ci donnait derrière l'église, sur une place au centre de laquelle miroitait un lavoir. Des vêtements et des taies d'oreillers flottaient sur l'eau. Un panier à linge était renversé au bord du bassin. Plusieurs détonations retentirent, une femme hurlait quelque chose, un chien aboya, puis glapit affreusement, et les cloches commencèrent de sonner. Il porta son attention à droite, à gauche, l'esplanade était déserte, mais à l'entrée d'une rue, il vit le cul d'un camion à la plate-forme bâchée. Son moteur tournait à plein régime, le tuyau d'échappement crachant d'épaisses bouffées. Tout à coup, un homme émergea de ce brouillard, muni d'une fourche, la poitrine ensanglantée, et se rua au-devant d'Ilya. Le découvrant, il poussa un juron et obliqua vers l'autre extrémité de la place. Ilya claudiqua jusqu'au fourgon. Un soldat apparut à son tour dans la fumée, son fusil-mitrailleur calé sous le bras. Dès qu'il l'aperçut, il s'arrêta net et le salua. Sur son visage blanc comme cire, remarqua Ilya, purulaient des boutons d'acné. « Où est votre arme ? » interrogea-t-il, sur un ton choqué, et sortant son pistolet de son étui, le lui offrit. « Prenez », dit-il, avant de recharger son fusil et de s'éloigner sur la place.

Ilya soupesa le Luger, le serra dans son poing. Il appuya prudemment sur la détente, craignant que le coup ne partît. Elle résista à sa pression. Il en conclut que la goupille de sécurité était mise et n'avait pas la moindre idée de comment l'ôter. Il rejoignit l'avant du véhicule. Ses portières étaient ouvertes et le conducteur effondré sur son volant. Plus loin, la rue était encombrée d'une collection de valises et de sacs pour la plupart écrabouillés, leur contenu dispersé sur le pavement et dans les caniveaux. Il s'avança entre les bagages et les effets souillés par la pluie et le piétinement des bottes, lorsque jaillit entre deux maisons une demi-douzaine de combattants casqués, le dernier d'entre eux repérant Ilya. « Par ici ! » brailla-t-il, et il rattrapa les autres qui dévalaient la chaussée.

Il chancela à leur suite, louvoyant parmi les monceaux d'habits, puis entre les fragments d'une vitrine et des tonneaux fracassés, un mélange d'huile et de bière déversé dans les rigoles. Clopin-clopant, il arriva en bas du village et au départ d'un layon qui sinuait sur le versant du val entre un talus et une pâture à forte pente. Quant à l'escouade, elle fuyait à gauche sur une allée en remonte.

Soudain claqua une décharge, si proche qu'elle le fit sursauter et, dans sa terreur, il sentit qu'il s'était compissé, le liquide dégoulinant de son entrejambe et le long de ses cuisses. Il s'engagea sur le sentier, ses muscles agités de spasmes si violents qu'il se demanda s'il n'allait pas se bloquer définitivement à la manière d'un automate aux joints mangés par la rouille. Il y avait, tout près, un passage dans le mur de terre et son manteau de ronces. Il s'y faufila, tremblant plus que jamais, et pénétra dans un lopin en jachère.

Là-bas, à l'ombre d'un hallier, on tuait. Ilya compta cinq soldats équipés de pistolets identiques au sien, et un nombre égal, pour ce qui était des vivants, de civils à genoux, les mains croisées sur la nuque, deux hommes, deux femmes et une adolescente, un fichu mauve dans les cheveux. Derrière, des cadavres tombés en tas, et qui fumaient. L'un des militaires, un officier à en juger par son uniforme et sa casquette à grande visière, pointa son parabellum sur une des femmes et tira. Elle chuta d'un côté, éclaboussant sa voisine de son sang. Le tueur fit face à ses compagnons, leur adressa un mot et tous s'esclaffèrent. Un des hommes frotta la pierre de son briquet et ralluma sa cigarette. Dix interminables secondes s'ensuivirent, l'officier consumant son mégot, après quoi il visa le crâne de l'autre villageoise.

« Arrêtez ! » s'exclama Ilya. Brusquement libre de se mouvoir, il se précipita vers le groupe. Mi-incrédules, mi-amusés, les soldats le regardaient accourir. Ilya fondit sur le gradé et le saisissant par le coude, tenta de le désarmer. « Qu'est-ce qu'il te prend, espèce de con ? » dit l'autre, et d'une bourrade l'envoya valser. Ilya repartit aussitôt à l'attaque et frappa son adversaire d'un coup de poing au ventre qui lui fit bel et bien lâcher son pistolet. Il eût profité de son avantage pour le cogner encore et assurer sa victoire, si un des soldats n'avait abattu sur sa tête la crosse de son fusil. Le choc lui arracha une plainte, et tout fut noir.

Il se réveilla au milieu des morts. A la hanche qui pesait contre la sienne, à la puanteur des dépouilles, il comprit où il était couché, et maintint ses paupières closes. Longtemps, il resta sans bouger, et écouta les sons, des plus immédiats aux plus distants, leur frêle voilage tissé sur le silence : la vibration con-

tinue des mouches, le chuchotis d'un ruisseau, le chuintement, ponctué de craquements sinistres, des habitations en feu, et
songea à ceux qu'il n'entendait plus : les tirs,
les cloches, les cris. D'un doigt, il toucha sa
tempe, où s'était formée une croûte. Ce
simple contact lui causa une douleur des
plus vives, mais elle était comme les mouches, comme les cloches, les balles perçant
les nuques, le chuchotis du cours d'eau, à la
fois proche et absente. Et lui-même : peut-
être était-il là toujours et avait-il disparu ; qui
saurait le dire ? Était-il un fantôme ?

« Ne le sommes-nous pas tous ? » murmura-t-il, se remettant debout. Les défunts ne
prirent pas la peine de répondre. Dans son
lit le torrent ne cessait pas de bruire.

Quittant le champ en friche, il gravit le
layon et, d'une démarche vacillante, longea
l'allée qu'avait empruntée au pas de charge
la petite troupe de biffins. Elle était baignée
de lumière. Où allait-il ? Il l'ignorait et pensa
qu'il s'en fichait éperdument. De même
l'exécution des habitants ne suscitait plus en
lui d'émotion particulière, et ce mal lanci-
nant, qui brouillait sa vision et faisait de
chaque foulée un supplice ne l'atteignait pas

davantage. Il ne se demandait plus s'il fuyait la bourgade ou, sous le charme de quelque nouvelle promesse de délivrance, se rendait autre part, les deux termes s'annulant dans l'instant présent comme des silex heurtés l'un contre l'autre engendrent une étincelle.

Était-il heureux, alors ? Oui, comprit-il, profondément heureux, sur lui le sang de ses sœurs, de ses frères, des enfants qu'il n'avait eu le courage de secourir, en lui le refus indécrottable du néant. Chacun est à sa place, pensa-t-il, et les dieux sont bien trop ivres pour s'en souvenir. Que signifiaient ces paroles ? Cela aussi, il l'ignorait, et n'en avait cure. Souveraineté de l'ignorance, joie, infinie joie, tant que nous sommes et ne l'oublions pas. Ils étaient morts. Et c'était pour lui qu'ils l'étaient. Personne d'autre. Il leur érigerait un mausolée en son âme, matin et soir il leur dédierait son espérance, ses regrets, sa peine sans autre limite que l'infinité du Seigneur en déroute, bien plus vaste que Lui et que le monde, bien plus parfaite. Qu'avait écrit Hans dans sa lettre d'adieu ? Il ne s'en souvenait plus, et en hommage au grand frère suicidé, sectionna d'un arbuste un rameau fleuri qu'il balança dans les airs.

217

Sur sa droite, derrière une grille entrouverte et dans un berceau de verdure, il distingua les ruines d'un prieuré. Deux hommes se tenaient à contre-jour dans les hautes herbes. L'un était un membre de la Section, l'astre noir cousu sur l'épaule, l'autre un montagnard, qui lui tournait le dos. Ilya sourit. Il se faufila entre les battants en fer forgé et pénétra le champ de pierres et de salsepareilles. Le soleil l'aveuglait, les hommes n'étaient plus que deux taches effilées. Il marcha jusqu'à un bloc, blanc sous les rayons, et s'y assit. Le soldat cracha. Puis il leva son arme.

« Marche. »

L'autre fit un pas.

« Marche, je te dis ! »

L'homme baissa lentement la tête, sembla contempler les chardons et les longs brins de chiendent qui frémissaient dans la brise.

« Marche et compte ! »

Il demeura où il était. L'officier tira, pulvérisant une motte de terre à ses pieds, et le fracas de la détonation se réverbéra sans fin.

« Un... deux... trois... Compte ! »

Le montagnard fit un pas de plus. Puis il

parla, calmement, sans hâte. « La mort des autres, tu l'enterres en toi pour continuer. Bientôt tu as un cimetière dans le corps, et moins tu t'en souviens, moins tu te souviens de toi-même. Tes mains sont blanches, ta tête est vide, c'est un cercle. Tu veux te sauver et c'est l'inverse qui se produit. Autour il n'y a plus que les autres, les autres, et ils ne meurent plus. Comment le pourraient-ils, et pourquoi se fatiguent-ils à fuir ou à prier, puisqu'il n'y a personne d'autre, toi aussi tu es un autre, tu es parmi ceux que tu achèves d'une balle dans la poitrine ou d'un coup de botte. Il n'y a même plus d'autre, et pour tout avenir la foule imbécile et grouillante des survivants. »

Avait-il prononcé ces mots ? Peut-être, pensa Ilya, mais aussi bien l'homme n'avait rien dit, c'était lui qui rêvait, il était comme le ventriloque dans la salle de bal ; aussi bien il était seul dans le grand champ illuminé, aussi bien —

Le soldat appuya sur la gâchette et le montagnard s'écroula. Revenant vers la grille, il vit Ilya, le dévisagea un moment, cracha à nouveau dans l'herbe et reprit son chemin. Ilya se mit à rire. Il vit l'expression dégoûtée du militaire et elle décupla sa liesse. Son ventre saisi de crampes, ses joues inondées de larmes, il rit à n'en plus pouvoir, tomba de sa pierre et roula parmi les fleurs. Son bonheur était inépuisable, il allait rire jusqu'à perdre sa voix, jusqu'à l'évanouissement, jusqu'à ce qu'on le fît taire, lui aussi, d'une charge de plomb dans le crâne. Il regarda les fissures dans la terre et il rit, il respira la poussière, il sentit un insecte lui chatouiller le cou, il se renversa sur le côté, entendit la couture de sa chemise se rompre et rit plus fort encore, et puis il ne rit plus, ce cri qui sortait de lui n'était pas le sien, aucune gorge ne saurait émettre une pareille plainte, mais un chien à l'agonie, un loup sous la pleine lune, une mère accouchant d'un monstre, il hurlait, il ne faisait rien d'autre, il n'était qu'une tige creuse, un trou dans la roche, le lobe d'un coquillage contre l'oreille d'un enfant, il hurlait de plus en plus loin et de plus en plus haut, ce n'était que le vent, que le vent.

11

Cette nuit, elle n'avait pas trouvé le sommeil avant l'aube. Dans l'ombre, des heures
durant, elle avait observé le plafond, sa
chaux blanche, ses solives qui ressemblaient
aux lignes dans le registre des allées et des
venues dont elle avait la charge. Elle était
restée éveillée, à l'écoute du moindre bruit.
La rumeur courait au village d'une invasion
et elle s'en rappelait une autre – trente ans
plus tôt, on avait pendu des hommes sur la
place à des crochets – et d'une guerre plus
ancienne encore, quand elle n'était qu'une
petite fille et jouait à cache-cache avec son
frère parmi les rochers, et construisait des
ponts dans le torrent en y empilant des
galets. Son frère, pensa-t-elle, devenu berger

après une tentative malheureuse d'exil dans la grande ville, où il avait été un temps l'assistant d'un artiste spécialisé dans les spectacles d'ombres. Comment s'appelait-il déjà ? Toute la nuit, elle avait eu son nom au bout de la langue. Lehrs, Andler, Lenz peut-être. Elle voyait son frère de plus en plus rarement, mais quelques jours plus tôt, il avait déposé une marionnette sur le rebord de sa fenêtre. Elle le représentait, les membres filiformes et d'une longueur démesurée, tenant d'une main son bâton et de l'autre une croisée munie de fils au bout de laquelle dansait une figurine minuscule. Celle-là, elle n'avait pas su la reconnaître. Elle s'était donc levée un peu plus tard qu'à son habitude, avait réchauffé le café sur le poêle, et l'avait bu, comme elle aimait le faire les matins de beau temps, assise à la porte du jardin.

La brume se dissipait déjà, refluant peu à peu le long de la pente, et tandis qu'elle reposait sa tasse sur le sol, elle découvrit la silhouette couchée contre l'arbre. Elle reconnut tout de suite le visiteur de l'avant-veille, et s'étonna de son nouvel accoutrement, un uniforme de soldat et des bottes boueuses. Une de ses tempes était rouge et enflée, son

visage et ses cheveux comme recouverts de
suie. Il remua alors, étirant ses bras et cli-
gnant des paupières, avant de se laisser
retomber contre l'arbre et de fixer le sommet
de la montagne. Comme le soir où il s'était
arrêté devant sa fenêtre avant de poursuivre
sa route vers le bourg, l'inconnu contempla
le Mur. Elle n'en était pas certaine, mais il
lui sembla qu'il souriait, et elle connaissait
cette expression. Les étrangers pour la plupart repartaient dans un état de grande
confusion, de colère dédaigneuse, ou bien la
tête basse. Parfois, aussi, ils arboraient ce
sourire mystérieux qu'elle avait depuis longtemps renoncé à déchiffrer. Ceux qui sou-
riaient ainsi comme si tout était bien, son-
geait-elle, comme si plus rien n'avait
d'importance, s'étaient-ils libérés de toute
attache, avaient-ils perdu l'esprit ?

C'est alors qu'à son tour Ilya l'aperçut. Le
soleil venait de paraître de l'autre côté de la
vallée et la vieille femme sur son banc était
baignée de lumière. Les rayons lissaient son
visage, effaçant ses rides, et la brise passait
comme des doigts dans les mèches blanches
qui s'échappaient de son fichu et prenaient
des reflets blonds. Elle lui sembla sans âge.

La petite fille qui sans doute avait grandi sur l'immense versant creusé d'ornières, qui avait roulé dans la neige et grimpé dans les branches de l'arbre, la femme qu'elle était devenue, épouse, mère peut-être, et la personne âgée qui dans l'aurore se tenait devant lui se confondaient en une même présence. Et comme elle, il sut qu'il était l'enfant, qu'il était l'homme et le vieillard de demain, qu'ils étaient, l'un et l'autre, avant toute chose, et que le temps avait beau chercher à y redire, il n'y pouvait rien. La vieille dame souriait à présent elle aussi, et elle comprit comme il comprit que tout commençait dans ce sourire et tout finissait là. Une même félicité et sa déclinaison infinie, une même vie, distincte et cependant sans partage. Ils se regardaient et n'éprouvaient aucune peur, deux étrangers réunis à la simple faveur du jour, et sentaient que si bientôt ils ne se ressaisissaient, leurs âmes allaient éclater, n'étant pas de force à se prémunir contre ce qui rendait possible ce regard et ce sourire commun, la rencontre pensèrent-ils ensemble, une rencontre parmi tant d'autres et dont chaque occurrence redonnait une chance à l'univers.

D'une voix très douce, Ilya commença à

chanter. Seules bougeaient ses lèvres, le reste de son corps parfaitement inerte, ses mains glissées entre les racines, son dos dans le berceau d'écorce.

Un sou pour mon ami
Qu'il s'achète son tabac
Ses dents sont jaunes
Quand il n'a plus de quoi rouler
Il ne veut plus de moi

Une orange pour le faune
Qui meurt au fond du bois
Un petit fruit
Qu'il puisse rouler entre ses doigts
Pour sa dernière nuit

Un fagot pour la fille
Qui attend sous son toit
Que l'hiver passe
Contre elle le roi du monde babille
Ne connaît chaud ni froid

Un adieu à ma mère
Un baiser à ma place
« Fais ta valise! »
On lui a dit avec son frère
A l'aube on me l'a prise

Terre sans maître

Du savon pour leurs corps
Que leur peau sente bon
Quand dans leur lit
De boutons d'or et de liserons
Ils rouleront sans bruit

Elle se pencha pour ramasser sa tasse. Lorsqu'elle releva les yeux, elle ne le vit nulle part, mais l'entendit qui descendait la pente. Il ressurgit un instant, sa maigre silhouette nimbée de brume, puis il ne fut plus visible.

L'auteur tient à remercier Tanja Siren, ainsi que Martine Boutang, Philippe Dabasse, Nancy Huston, Antoine Le Bos, Augustin Maurs, Massimo Nunzi, Davide Sala et Ornela Vorpsi pour leur aide si précieuse.

Cet ouvrage a été imprimé par

FIRMIN DIDOT

GROUPE CPI

Mesnil-sur-l'Estrée

pour le compte des Éditions Grasset
en mai 2008

Imprimé en France
Dépôt légal : août 2008
N° d'édition : 15367 – N° d'impression : 90659